ERWIN STEINHAUER | FRITZ SCHINDLECKER

Fröhliche Weihnachterl

EINE SCHÖNE BESCHERUNG

ueberreuter

1. Auflage 2018

ISBN 978-3-8000-7712-0

Covergestaltung: Saskia Beck, s-stern.com
Coverfotos: © Christoph Meissner
Innenillustrationen: © Designed by Freepik;
Heinrich Hoffmann: Wikimedia Commons
Lektorat: Marina Hofinger
Satz: Hannes Strobl, Satz·Grafik·Design, Neunkirchen
Druck und Bindung: Finidr s. r. o.

www.ueberreuter-sachbuch.at

FRÖHLICHE WEIHNACHTERL

Inhalt

Vorwort

Liebe geistreiche Leserin, lieber bezaubernder Leser, wir wissen nicht, wie das bei Ihnen ist, aber bei uns ist das so:

Jedes Jahr, wenn wir am 11. November das letzte Knöchelchen des Martiniganseis blitzsauber abgenagt haben, überkommt uns die erste Weihnachtssehnsucht. Plötzlich fühlen wir uns wieder wie Siebeneinhalbjährige und damit zurückversetzt in eine völlig andere Zeit. In eine Zeit, in der es nur *ein* Fernsehprogramm gab, das aber unfassbar gut war. Denn es wurde in ehrlichem Schwarzweiß ausgestrahlt. Keine schreiende Farbe störte den Vortrag des Dichterfürsten Karl Heinrich Waggerl, wenn er uns unter dem Herrgottswinkel sitzend davon erzählte, wie das Jesuskind lächelte, während die gute Mutter Vanillekipferln buk.

Bald schon merkten wir, dass die Tage immer kürzer wurden. Und dass sich vom Donaustrom ausgehend immer dichter werdende Nebelschwaden über das Land legten, wodurch selbst bei Tageslicht alles dämmrig erschien. Da wussten wir: Die besinnliche Zeit des Advents ist da.

Auch heute noch ziehen die Nebel in den Wochen vor Weihnachten gerne durch die Flusstäler. Doch sie lassen nichts mehr dämmrig erscheinen. Im Gegenteil: Die Nebelschwaden reflektieren die bunten Lichter der privaten weihnachtlichen Gartenbeleuchtungen. Diese amerikanische Sitte, durch exzessive Lichtspiele im und um das Eigenheim einen ökologischen Fußabdruck in der Größe einer Yeti-Sohle zu hinterlassen, ist in den letzten fünfundzwanzig Jahren auch bei uns populär geworden. Selbst in großstädtischen Garçonnièren werden Küchenfenster und Minibalkone mit Glitzersternchen und Lichtschlangen geschmückt. Die Dächer der Einfamilienhäuser in den Speckgürteln um die Städte zieren ganze Kometengeschwader, die allesamt den Stern von Bethlehem symbolisieren sollen. In den Vorgärten tummeln sich strahlenumflorte Englein, aber oft auch ganze Rudel eigenwillig beleuchteter Rehe. Um die Villen wohlhabender Ärzte-, Anwalts- und Architektenfamilien kann man oft sogar mit Leuchtdioden bestückte Rentiere sehen, die neben dem winterlich zugedeckten Outdoor-Pool zu äsen scheinen.

Der schlimmste Auswuchs dieses Vorweihnachts- und Weihnachtsdekorationswahns sind aber die Weihnachtsmänner. Diese riesigen und oftmals von innen beleuchteten Monster haben das blödsinnige Grinsen vorchristlicher Trolle aufgesetzt und krallen sich im Regelfall hoch auf dem Dach an einem Rauchfang fest.

Kein Wunder, dass manche sensible Seele beim Anblick dieser Kitschorgien augenblicklich in tiefe Depression verfällt.

Und da, liebe geistreiche Leserin, lieber bezaubernder Leser, da kommen wir ins Spiel: mit diesem unserem Advent- und Weihnachtsbuch. Uns war es ein Anliegen, ein vernünftiges Mittel gegen die Weihnachtsdepression zu kreieren.

Ein Buch, das Sie angstfrei auf die schönste Zeit des Jahres einstimmen wird. Ein Buch, das voll unbeschwerter Heiterkeit ist. Ein Buch, das darüber hinaus all das beantworten wird, was Sie immer schon wissen wollten, aber nie zu fragen wagten:

Wie viele Kerzen hatte der erste Adventkranz?

Was ist ein Paradeisl?

Warum glauben manche, dass es nicht drei, sondern vier Weise aus dem Morgenland sind?

Was feiern Katholiken wirklich am 8. Dezember?

Was essen Vorarlberger, Wiener oder Veganer am Heiligen Abend?

Sind der Weihnachtsmann und das Christkind eher evangelisch als katholisch?

Sind Perchtenläufer Satanisten?

Ist Kriegsspielzeug für Mädchen gendermäßig gesehen politisch korrekt?

Glauben Sie uns: Viele Antworten werden Sie verblüffen!

Und vergessen Sie bitte eines nicht: Klar macht es am meisten Spaß, die „Fröhlichen Weihnachterln“ für sich selbst zu kaufen.

Aber, was soll man machen – Weihnachten ist nun einmal das Fest der Geschenke. Und mit dem Kauf dieses Buches können Sie auf einen Schlag gleich drei Menschen glücklich machen:

Ihren Lieben oder Ihre Liebe, dem oder der Sie das Werk auf den Gabentisch legen. Und natürlich uns zwei, die Ihnen dafür auf diesem Weg ein herzliches Dankeschön sagen und ein Frohes Fest wünschen!

Erster Teil

Unser Adventkalender

1. DEZEMBER

Das erste Fenster in eine andere Welt

Als Kinder war für uns das Öffnen des ersten Adventkalenderfensters eine kleine Flucht aus der Realität. Wir wussten natürlich, dass der Alltag auch im Advent keine Pause machen würde – Hausaufgaben mussten gemacht, Klavierstunden mussten besucht und Schulprüfungen mussten bestanden werden. Aber wir wussten auch: Wenn das letzte Fenster des Kalenders offen ist, dann gibt es ein Fest! Ein Fest, bei dem wir Kinder im Mittelpunkt stehen werden.

Das Nikolausfest war nett. Das folgende Weihnachtsfest war dann von den Geschenken her gesehen immer absolut großartig – wir bekamen fast immer das, was wir uns gewünscht hatten.

Kaum erwachsen geworden war es nun an uns, das zu schenken, was sich unsere Lieben wünschen. Aber werden wir genau das auch finden? Versagensangst setzt ein.

„Ganz ruhig!", flüstern wir uns dann selbst ins Ohr. Wir werden nicht versagen. Wir wissen Bescheid. Wir haben alle Wünsche unserer Lieben ganz genau recherchiert. Cool bleiben. Weihnachten ist das Fest des Friedens.

Peace on Earth! Rampapapam!

Wenn uns aber dann im Toys"R"Us ein Rowdy das letzte pinkfarbene Barbie-Wohnmobil wegschnappt, das sich unsere Tochter, Enkelin oder Nichte sehnlichst bereits vom Osterhasen gewünscht und nicht bekommen hat, dann sagen wir immer noch:

Peace on Earth! Rampapapam!

Wenn dieser Rowdy aber dann auf Burgenländisch heiter hinzufügt: „Mei Vota is a Räuber, mei Muata stühlt a, mei Schwesta is in G'fängnis und mi suachen's a!"

Dann ist es mit dem Rampapapam vorbei.

Dann gräbt unser innerer Sitting Bull das Kriegsbeil aus. Und er würde es liebend gerne und mit Wucht diesem elenden General Custer aus dem Burgenland ins Genick schleudern, der triumphierend mit seiner pinkfarbenen Beute zur Kasse eilt.

Wenn wir uns dann wieder beruhigt haben, weil wir einem blöd schauenden Idioten die letzte Carrera-Digital-Autorennbahn weggeschnappt haben, die sich unser Sohn, Enkel oder Neffe schon zum Geburtstag gewünscht, aber nicht bekommen hat, lächeln wir. Dann atmen wir durch und denken uns:

„Ach Gott – Peace on Earth! Rampapapam!“

Und dann freuen wir uns auf den nächsten Tag.

Auf das Öffnen des zweiten Fensters unseres Adventkalenders.

Wir laden Sie ein, unserem Beispiel zu folgen.

2. DEZEMBER

Süße Genüsse

Im Advent gibt's Leckereien,
bekannt als Weihnachtsbäckereien:
Rumkugeln, Vanillekipferln,
süße Mürbteig-Polsterzipferln
gefüllt mit Erdbeermarmelade;
in Glasur aus Schokolade
eingetunkte Weihnachtssterne,
darauf gestreute Walnusskerne –
das Süße mag jetzt jeder gerne:
Weihnachtsstollen, Kletzenbrot
im Superkombiangebot.
Wäschermädel, Schlosserbuben,
die bäckt man in allen Stuben.
Mit Zucker, Nougat, Marzipan
kämpft man gegen Schlankheitswahn.
Das tat unsre Oma schon.
Es lebe hoch die Tradition!
Doch auch viele junge Leute
woll'n ganz ungezwungen heute
aufs Kalorienzähl'n vergessen
und Donuts, Muffins, Cupcakes essen.
Bravo, Kids, macht euch bereit
für die süße Weihnachtszeit!

Zu Wirkung und möglicher unerwünschter Wirkungen fragen Sie Ihren Arzt, Zuckerbäcker oder Apotheker.

Diverse Unverträglichkeiten
nehmen zu in diesen Zeiten.
Bei Gluten- oder Laktose-
intoleranz ist rigorose

Abstinenz von Butterteigen
bei jenen, die dazu sehr neigen,
angesagt. Statt Brandteigkrapferl
isst man ein gebrat'nes Apferl.
Die an Diabetes leiden,
haben Zucker streng zu meiden.
Doch auch Süßstoff – sei'n wir ehrlich! –
gilt als nicht ganz ungefährlich.
Auch für angeblich Gesunde,
Pausbäckige und Kugelrunde
kann das exzessive Naschen
gefährlicher noch sein als Haschen.
Wenn Cholesterin im Blut erstarkt,
freut kichernd sich der Herzinfarkt.
Willst von der Welt du dich befreien,
iss weiter Weihnachtsbäckereien.
Bald öffnet Petrus dir das Tor –
und du singst in der Englein Chor!

3. DEZEMBER

Flucht nach Ägypten

„Also, liebe Kinder: Aus welchem Grund musste die Heilige Familie denn von Bethlehem nach Ägypten fliehen? Bald, nachdem das Jesuskind zur Welt gekommen war?"

Religionslehrer Pater Ägidius Nesvadba stellt diese Frage. Die Schülerinnen und Schüler der zweiten Klasse der Neuen Mittelschule in St. Vitis am Hermannskogel schweigen. Nach einigen Sekunden zeigt dann aber Jennifer Hasenöhrl auf und meint:

„Weil Jesus, Maria und Josef im Besitz von illegalen Drogen waren!"

Allgemeine Heiterkeit bricht aus, während der Pädagoge die Schülerin bestürzt ansieht.

„Aber Jennifer, um Gottes Willen. Wie kommst du denn auf diese verrückte Idee?"

„Durch meinen Papa!" Jennifers Vater ist der lokale Polizeipostenkommandant. „Mein Papa sagt immer, bei den Flüchtlingen gibt es zwei Gruppen: Die einen sind Drogendealer, die anderen sind Drogenkonsumenten!"

„Aber doch nicht die Heilige Familie!" Pater Ägidius hebt nun seine Stimme. „Die Heilige Familie besaß niemals irgendwelche illegalen Drogen!"

Da meldet sich Seppi zu Wort, Sohn des Großbauern und Bürgermeisters Schmalzer. „Und was ist mit den Geschenken, bitte?"

„Mit welchen Geschenken?" Pater Ägidius wirkt ratlos.

„Na, mit den Geschenken, die was die drei Weißen aus dem Morgenland dem Kindlein mitgebracht haben. Drei Weiße, von denen einer noch dazu ein Neger war. Verdächtig!"

„Man sagt doch nicht Neger!", schrillt es aus Selina, der Tochter der einzigen grünen Gemeinderätin. „Man sagt Afroamerikaner oder Schwarzafrikaner! Je nachdem, wo die Neger herkommen!"

„Sehr richtig!“ Der Religionslehrer nickt Selina dankbar zu. „Und außerdem, Seppi, heißt das nicht die Weißen aus dem Morgenland, sondern die Weisen!“

„Und was, bitte, ist mit Weihrauch und Myrrhe?“ Der Schmalzer Seppi lässt nicht locker. „Mit dem Weihrauch tun sie sich einrauchen, die Süchtler. Gut. Aber was sie mit der Myrrhe machen, das weiß ich leider nicht.“

„Mir ist es jetzt wieder eingefallen!“, meint darauf Jennifer im Brustton der Überzeugung. „Mein Papa sagt, die Myrrhe spritzen sie sich in die Venen.“

„Das ist Unsinn!“ Pater Ägidius ist sichtlich empört. „Den Weihrauch verwenden wir in der Kirche und die Myrrhe ...“ Er zögert.

„Na, was ist mit der Myrrhe, Herr Pater?“, sagt Jennifer in lauerndem Tonfall.

„Das ... kann ... ich euch nicht ... sagen ... das ist erst Stoff in der Oberstufe.“

Es ist unschwer zu erkennen, dass Pater Ägidius deshalb so herumstammelt, weil er nicht weiß, was Myrrhe ist.

Da bekommt er Beistand von unerwarteter Seite. Marlon Brandl, der aufsässige Sohn eines Bluesbassisten und einer ortsansässigen Keramikerin, beendet zur freudigen Überraschung des Paters die unangenehme Situation.

„Herr Pfarrer“, beginnt der Elfjährige, dessen Tonfall aus unerfindlichen Gründen stark an Falco erinnert. „Ich hab unter der Bank die Mathe-Hausaufgab' fertig g'schrieben, jetzt kann ich die Frage ganz easy beantworten. Warum hat sie fliehen müssen, die Holy Family? Die Weisen aus dem Morgenland haben den König von Judäa gefragt, wie sie nach Bethlehem kommen. Weil dort vor Kurzem der zukünftige König der Juden geboren wurde. Okay, wenn mir so ein Gschrapp den Thron wegnehmen will, hat daraufhin der König Odes g'sagt, dann lass ich sicherheitshalber alle Buben bis zum Alter von zwei Jahren von meinen Soldaten heimdreh'n! Und deswegen hat die Holy Family fliehen müssen!“

„Sehr gut, Marlon!“, erwidert darauf Ägidius erleichtert. „Du hast nur einen kleinen Fehler gemacht: Der König von Judäa hieß nicht Odes, sondern Herodes!“

„Für Sie vielleicht, Herr Pfarrer!“, meint Marlon und fügt mit Würde hinzu: „Aber ich sag zu einem Kinderkiller nicht Herr, auch wenn er ein König ist. Für mich ist das Arschloch der Odes! Und nicht der *Herr* Odes!“

4. DEZEMBER

Barbaras Zweigerl

Heute ist der Festtag der heiligen Barbara. Sie soll, so will es die für Jugendliche unter sechzehn Jahren nicht geeignete christliche Legende, nach fürchterlichen Folterqualen, auf deren Schilderung wir hier in Hinblick auf die Gemütslage unserer sensiblen Leserschaft verzichten, für ihren christlichen Glauben den Märtyrertod erlitten haben. Und zwar durch die Hand des eigenen Vaters. Der alte cholerische Heide entging aber der gerechten Strafe nicht: Es war noch kein Jahr nach seiner grausamen Mordtat verstrichen, als ihn auch schon der Blitz traf, um ihn schnurstracks in das Reich des Satans zu befördern.

Barbara aber wird als Heilige verehrt und zählt nicht nur zu den vierzehn Nothelfern, sie ist auch die Schutzpatronin unter anderem folgender Berufsgruppen: der Feuerwehrmänner, Artilleristen, Goldschmiede, Bürstenbinder, Hutmacher, Buchhändler, Fleischhauer, Köche, Totengräber, Bergleute, Sprengmeister, Salpetersieder, Hüttenarbeiter, Geologen und Steinhauer sowie natürlich deren weiblicher Pendants.

Auch wenn Sie zu keiner dieser Berufsgruppen gehören, sollten Sie sich dem uralten Adventbrauch des Barbara-Zweigerl-Einwässerns nicht verschließen. Sagen Sie jetzt nicht „Ohne Brauch geht's auch!", sondern machen Sie lieber Folgendes: Gehen Sie zu Ihrem Kirschbaum – es kann auch zur Not ein Zwetschken- oder Apfelbaum sein oder, wenn es unbedingt sein muss, eine Forsythie – und brechen Sie ein Zweiglein ab. Dieses Zweiglein stellen Sie dann bitte in eine mit Wasser gefüllte Vase. Dann setzen Sie sich davor und warten gespannt. Nach knapp drei Wochen – am Heiligen Abend – wird der vom Stamm getrennte Zweig mitten im Winter wie durch ein Wunder die prächtigsten Blüten tragen.

Vielleicht. Vielleicht aber auch nicht.

Wenn er es tut, ist dies ein sehr gutes Zeichen. Man weiß nicht genau wofür, aber es ist auf jeden Fall positiv zu werten. In früheren Zeiten soll das Zweiglein heiratsfähigen Jungfern als Orakel gedient haben: Im Falle seines Erblühens nahm man dies als Offenbarung, dass im nächsten Jahr eine Hochzeit ins Haus stehen werde.

In unseren angeblich aufgeklärten Zeiten, in denen man das Glück durch Rationalität erzwingen will, finden sich in Internet-Blogs Hinweise, wie man das Barbara-Zweigerl auf „jeden Fall und hundertprozentig" zum Erblühen bringen kann.

„Hallo, Leute!", heißt es da etwa. „Legt doch einfach in der Nacht vor Heiligabend den Zweig in den Tiefkühlschrank. Dann erschrickt er durch den Frost. Und wenn ihr den Zweig tags darauf ins warme Zimmer stellt, ist er so erleichtert, dass er wie verrückt zu blühen beginnt."

Wir können nicht garantieren, dass das funktioniert. Wir haben es nicht ausprobiert.

5. DEZEMBER

Krampustag!

Immer wieder soll es verunsicherte Schitouristen geben, die via Android- oder iPhone aus der österreichischen Bergwelt Schreckensbotschaften in ihre Buxtehudesche oder Wanne-Eickelsche Heimat senden:

„Wibke, Frauke, Jens und Kai-Uwe, stellt euch vor: Diese Alpin-Ösis sind alles Satanisten!!"

Wie können irregeleitete bundesdeutsche Lutheraner überhaupt auf den Gedanken kommen, dass wir österreichischen Hardcore-Katholen uns mit Luzifer auf ein Packel hauen und zu Teufelsbündlern werden könnten?

Die Antwort ist klar: Der heutige Tag, der 5. Dezember, wird in vielen Gegenden Österreichs als „Krampustag" bezeichnet. Das heißt aber nicht, dass heute der „heilige Krampus" gefeiert wird. Namenstag haben vielmehr all jene Geralds, die nach dem heiligen Gerald von Braga benannt sind, einem kreuzbraven Benediktinermönch und verdienten Erzbischof.

Allerdings muss man zugeben, dass in diesen Tagen in etlichen Alpinregionen die Krampusse deutlich präsenter sind als die Benediktinermönche. Angetan mit grässlichen Masken und scheußlichen Kostümen jagen in langen Prozessionen rutenschwingend, kettenrasselnd und heulend ganze Teufelsschwärme etwa durch St. Johann im Pongau oder durch Klagenfurt – beide Orte werden im Internet wegen des guten Besuches bei ihren „Krampusläufen" besonders hervorgehoben.

Aber keine Angst: Bei diesen harmlosen Bräuchen passiert niemandem etwas Schlimmes. Außer natürlich den unartigen Kindern. Die kriegen gelegentlich mit der Krampusrute eine über den Hintern gesalzen. Dazu vielleicht auch noch, nachdem man sie ein bisserl in die Butte gesteckt hat, ein kleines Ohrenreiberl. Das wird den Rotzpippen und Lausmentschern eine Lehre sein. Und dank dieser wertkonservativen Erziehungsmethode werden im nächsten Jahr alle viel, viel braver und artiger sein.

„Tut's doch nicht so einen Riesenblödsinn daherreden, ihr Dokker!", weist uns jetzt Horstl Sagerschnigg zurecht, unser pädagogischer Berater aus dem Sonnenland Kärnten. „Alle Kinder werden heute völlig gewaltfrei erzogen – sogar bei uns im schönen Kärnten. Über den Hintern oder Rücken gesalzen wird bei uns nur mehr beim Eishockey-Lokalderby Villacher SV gegen den Klagenfurter AC. Die Teufelsläufe sind nix als wie nur die reinste Gaudi! Und a Gaudi muss sein!"

Genau! Und damit ist Schluss für heute.

Aber morgen geht es weiter. Denn morgen ist Nikolaustag.

Und ein Nikolaus kommt selten allein!

6. DEZEMBER

St. Nikolaus

In unserer Kinderzeit gab es ein Nikolaus-Gedicht, das schlimme Volksschulkinder alljährlich vor dem 6. Dezember immer wieder gerne rezitierten. Es lautete:

„Hallo, Hallo? Wer sitzt am Klo?
Der Kramperl und der Nikolo!
Sie warten schon seit viertel vier
auf eine Rolle Klopapier!"

Dieses aufmüpfige Gedicht soll in den frühen 1960er-Jahren eine scharfzüngige Entgegnung durch einen als Nikolaus verkleideten katholischen Pädagogen erfahren haben, die in etwa folgendermaßen lautete:

„Wer dies Gedicht
öffentlich spricht,
hat kein Benehmen!
Er soll sich schämen!
Wer mich, den Nikolaus, so kränkt,
der kriegt ganz sicher nichts geschenkt!
Auf ihn wartet kein süßer Schmaus.
Natürlich auch kein Nikolaus
aus bester Bensdorp-Schokolade,
kein Linzeraug' mit Marmelade,
kein Gebäck aus süßen Teigen,
keine Datteln, keine Feigen
nichts davon kriegt dieser Schurke,
denn wir geben ihm die Gurke!"

Nach diesen Worten wendet sich der verkleidete Nikolo seinem beelzebübischen Begleiter zu und sagt:

„Krampus, wilder Höllenwicht,
ich bin heilig und du nicht.
Darum, Kramperl,
trink ein Stamperl,
zück die Rute!
Ich bin der Gute!
Ich belohne gern die Braven –
Und du? Du musst die Schlimmen strafen!
Ich segne alle bei der Feier
und du trittst sie in die ... ah ... auf die Zehen!
So hat jeder seine Rolle.
Ich die katholisch-wundervolle –
du aber, Kramperl, spielst den Teufel
sehr gut! Da hab ich keinen Zweifel."
„Nein!", sagt da der Krampus laut,
„von mir wird keiner mehr verhaut!
Denn ich bin als wahrer Christ
ein totaler Pazifist.
Ja – ich tu viel lieber beten,
als andern auf die Zehen treten!
Ich bin nicht mehr dein Mann fürs Grobe,
weil ich so gern den Herrgott lobe!
Willst du die nicht ganz Super-Braven
weiter mit Pflichtwatschen bestrafen,
musst du diese schlimmen Sachen
in Hinkunft leider selber machen!"
„Sehr gern!", ruft drauf der Nikolo.
„Das Watschengeben macht mich froh!"

Und haut sogleich ganz frisch und munter
dem Kramperl kräftig eine runter.

7. DEZEMBER

Adventkranz

Und – wie sieht's aus? Brennt bei Ihnen schon seit Tagen die erste Kerze auf dem Adventkranz? Oder heißt es Adventskranz? Adventkranz oder Adventskranz? Ein Blitz-Check im Online-Duden schafft Klarheit: *Adventkranz* ist österreichisch, *Adventskranz* ist deutsch. Das ist wieder typisch, oder? Da kopieren die Piefke unseren jahrhundertealten Brauch des Adventkranzbindens und Kerzendaraufsteckens, um den Kranz dann gleich darauf umzubenennen!

Adventskranz – wie deppert klingt denn das, bitte?! Man sagt ja auch nicht Lorbeerskranz statt Lorbeerkranz, und man sagt Walzertanz und nicht Walzerstanz. Aber die Piefke müssen ja alles umbenennen, was wir erfunden und sie später kopiert haben: Zu unseren Palatschinken sagen sie Pfannkuchen, zu unserem Steyr-Baby VW-Käfer und zu unserem Wolferl Ambros Udo Lindenberg.

Aber irgendwann muss Schluss sein, denken wir uns. Ergo werden wir gegen diesen albernen Adventskranz-Humbug eine scharfzüngige Glosse schreiben. Wir recherchieren monatelang in Archiven und Bibliotheken, wagen uns sogar in die geheimnisvollen Tiefen der Cyberwelten und – erstarren am Schluss vor Schreck. Eine bittere Erkenntnis, gegen die wir uns monatelang erfolgreich gewehrt haben, fällt über uns her wie ein schlecht erzogener deutscher Schäferhund:

WIR aufrechten, weil erfolgreich katholisch gemachten Österreicher haben gar nicht vor hunderten von Jahren den Adventkranz erfunden. Das hat im Jahre 1839 ein gewisser Herr Johann Hinrich Wichern getan. Der war evangelischer Theologe und Begründer der Sozialeinrichtung „Diakonie". Und er war Hamburger und somit Deutscher. Gut, okay, liebe Leserinnen und Leser aus Deutschland: Wir geben es zu. Wir Ösis haben *nicht* den Adventkranz erfunden. Dafür aber die Schiffsschraube. Und die war und ist für euch Hamburger auch nicht ganz unwichtig, gell?

Nach Österreich kam der Adventkranz angeblich erst hundert Jahre später. Also in den Dreißigerjahren des vorigen Jahrhunderts, zur Dollfuß-Zeit. Da wurde dann der Ketzerkranz offensichtlich katholisiert: Statt der vierundzwanzig Kerzen – zwanzig kleine weiße und vier große rote – des Wichernen Originals hatte er nur mehr vier Kerzen. Allerdings in den Symbolfarben der katholischen Adventsliturgie – drei waren violett und eine rosafarben. Letztere steht für den dritten Adventsonntag, der den Namen *Gaudete!*, also *Freuet Euch!*, trägt.

Heutzutage nimmt man es mit den Farben nicht mehr so genau. Den violetten Kerzen sind nur mehr eingeschworene Fans der Wiener Austria treu geblieben. Die Rapid-Ultras bevorzugen selbstverständlich grün-weiße Kerzen bei ihren stimmungsvollen Adventfeiern. Und bei allen anderen sind rote Adventkranzkerzen am beliebtesten.

Ach ja – ein kleiner Nachtrag für unsere deutschen Freunde muss noch sein: Der größte Adventkranz mit zwölf Metern Durchmesser hängt bei uns. Im Gnadenort Mariazell! Aber damit ihr euch darüber nicht allzu sehr ärgern müsst, haben wir ihn mit vierundzwanzig Kerzen ausgestattet. Als Hommage an euren Johann Hinrich Wichern. Ja, so sind wir Ösis nun einmal: enorm leistungsfähig, aber doch auch von unvergleichlicher Herzensbildung!

8. DEZEMBER

Mariä Empfängnis

Schon in unserer Ministrantenzeit, also vor mehr als fünfzig Jahren, waren wir völlig ratlos bei dem katholischen Festtag, den wir heute begehen: *Maria Empfängnis.*

So heißt dieser staatliche Feiertag auch heute landläufig, unter Vermeidung des Genetivs „Mariae“. Als höchst rudimentär sexualaufgeklärte Zehnjährige erschien uns die von uns aus dem Festtagsnamen abgeleitete Schwangerschaft Mariens von knapp über zwei Wochen zwischen Empfängnis und Christi Geburt denn doch ein wenig kurz. Andererseits – über das Jahr hinausdenkend – wären wiederum zwölf Monate und sechzehn Tage Gravidität selbst für eine Gottesmutter wohl eine übergroße Belastung gewesen.

In unserer agnostischen Adoleszenz verflogen solche Gedanken. Sie stellten sich dann im reifen Mannesalter wieder ein. Inzwischen war Wikipedia erfunden worden und man musste keinen Haupttreffer im Lotto mehr machen, um sich einen Brockhaus kaufen zu können. Dank Internet eröffnete sich lexikalisches Wissen nunmehr auch chronisch unterbezahlten Schauspielern und übergewichtig am Hungertuch nagenden Autoren.

Das Rechercheergebnis war erstaunlich.

Rot in Gesinnung und schamrot im Gesicht mussten wir feststellen, dass wir die Lösung des Rätsels auch selbst hätten finden können. Dann nämlich, wenn wir uns ernsthaft mit einem uralten Kinderreim auseinandergesetzt hätten, der da lautet:

„Maria Geburt fliagn de Schwolben furt.
Maria Verkündigung kumman s' daunn wiedarum!“

Nun ja. Der zweite Reim ist von erbärmlicher Unreinheit. Und in beiden Fällen – Maria Geburt und Maria Verkündigung –

müsste es natürlich auch „Mariae“ und nicht „Maria“ heißen. Bei kirchlichen Feiertagen ist also nicht der Dativ dem Genetiv sein Feind – nein: In diesem Fall nimmt diese Position der Nominativ ein.

Aber das ist uns im Augenblick egal.

Uns geht es hier und jetzt nicht um das Formale, sondern um das Inhaltliche:

Die katholische Kirche feiert *Mariä Geburt* am 8. September und *Mariä Verkündigung* am 25. März. Der 25. März liegt exakt neun Monate **vor** der *Christnacht* und der 8. September ebenso exakt neun Monate **nach** *Mariä Empfängnis*.

Alles klar?

Mariä Verkündigung ist eigentlich das, was wir geglaubt hatten, dass *Mariä Empfängnis* sei: das Datum des Zeugungsvorganges für den Erlöser. Da es sich im konkreten Fall bekanntlich um eine Jungfrauengeburt handelt, ist der Beginn der Schwangerschaft natürlich kein Beischlaf, sondern eben eine *Verkündigung:*

Erzengel Gabriel flog schnell hernieder und eröffnete der doch recht überraschten Verlobten eines ortsansässigen Zimmermannes, dass sie ausersehen sei, die Mutter des Gottessohnes und Erlösers zu werden – ihr Einverständnis vorausgesetzt. Nachdem sie dieses gegeben hatte, flog Gabriel zügig himmelwärts. Er sollte erst etwa sechshundert Jahre später wieder den Mittleren Osten anfliegen. Diesmal blieb er allerdings länger – schließlich musste er dem Propheten Mohammed den ganzen Koran diktieren. So jedenfalls hat es Mohammed der Nachwelt überliefert. Und bitteschön: den ganzen Koran diktieren! So etwas ist nicht in zwei, drei Tagen erledigt. So etwas dauert Monate, wenn nicht gar Jahre.

Aber zurück zu unserem eigentlichen Thema:

Mariä Empfängnis markiert den Tag, an dem Maria von ihrer Mutter Anna empfangen wurde. Und zwar *unbefleckt,* was nach katholischer Lehre so viel heißt wie: *frei von der Erbsünde.*

„Jessas Maria!“, wird nun möglicherweise ein Teil der Leserschaft ausrufen. „Maria ist auch Resultat einer Jungfrauengeburt???“

„NEIN!“, können wir laut und dennoch beruhigend erwidern. „Mutter Anna und Vater Joachim zeugten Maria, die Gottesmutter, absolut biologiekonform!“

Warum war sie dann unbefleckt? Warum musste sie denn überhaupt unbefleckt sein? Was ist denn mit denen, die nicht unbefleckt sind? Sind die im späteren Leben dann vielleicht gar so etwas wie ein Fleckerlteppich?

Antworten auf alle diese Fragen finden Sie im zweiten Teil dieses Buches.

9. DEZEMBER

White Christmas und Stille Nacht

Interessant, dass der Advent, der eigentlich die stillste Zeit sein sollte, neben dem Fasching die wohl lauteste des ganzen Jahres ist. Aus allen Ecken und Enden merkantiler Profanbauten schallen uns in den Wochen der frohen Erlösererwartung Weihnachtshits entgegen – und solche, die es noch werden sollen.

Beim Rocking round the Christmastree bellen die Jingles und der Owi lacht in der stillen Nacht, weil ein Ross entsprungen ist.

Weihnachten ist ein wahres Fest für die Musikindustrie. Zumindest war es das. In den Zeiten, als noch Schallplatten und CDs verkauft und nicht massenhaft illegal downgeloadet wurden. Als Beleg dafür finden sich in den Top 3 der in Wikipedia veröffentlichten weltweiten ewigen Single-Bestenliste gleich zwei Weihnachtslieder:

Platz drei nimmt mit 30 Millionen Tonträgern die 1935 von Bing Crosby gesungene „Stille Nacht"-Version „Silent Night" ein. Crosbys All-Time-Superhit „White Christmas", der 1942 erschien, brachte es auf 50 Millionen Verkaufsexemplare und liegt damit wohl für alle Ewigkeit auf Platz eins.

Apropos „Stille Nacht, Heilige Nacht": 1840 erschien es in einer Sammlung unter dem Titel „Vier ächte Tyroler Lieder". Dabei ist es eigentlich ein genuines Salzburger Werk, auf das vielleicht noch die Oberösterreicher einen Miturheberanspruch stellen könnten. Denn uraufgeführt wurde es in Oberndorf in Salzburg zu Weihnachten 1818. Schöpfer des bereits zwei Jahre zuvor geschriebenen Textes war der Salzburger Pfarrer Joseph Mohr. Der Komponist Franz Xaver Gruber war Dorfschullehrer in Oberndorf – aber gebürtiger Innviertler, also Oberösterreicher. In der gedruckten Liedersammlung waren aber, wie damals üblich, weder Komponist noch Texter angegeben. Vorerst in Österreich und bald darauf auch in Deutschland populär gemacht hatten das Weihnachtslied Tiroler Gesangsgruppen. Es wurde also als „Tyroler Volkslied“ angesehen. Und ziemlich genau hundert Jahre später meinten viele Amerikaner, „Silent Night“ sei ein „traditional American folk-song“. Diesen Eindruck hatte jedenfalls die vor den Nazis in die USA geflüchtete österreichische Schriftstellerin Hertha Pauli. Sie schrieb daraufhin das Kinderbuch „Silent Night. The Story of a Song“ – und landete damit einen Bestseller.

Lehrer Gruber und Pfarrer Mohr hatten es sich wohl nicht träumen lassen, dass aus ihrem kleinen Lied mit Gitarrenbegleitung dereinst ein Welterfolg mit Übersetzungen in mehr als fünfzig Sprachen werden sollte.

„White Christmas“-Komponist Irving Berlin hingegen war sehr zuversichtlich. Er pflegte, da er keine Noten lesen konnte, seine Melodien einem Adlatus auf dem Klavier vorzuspielen, der das Ganze dann in Notenschrift zu Papier brachte. Bevor er dies mit „White Christmas“ tat, soll Berlin zu ihm gesagt haben:

„Grab your pen and take down this song. I just wrote the best song I've ever written – heck, I just wrote the best song that anybody's ever written!“

10. DEZEMBER

Weihnachtspunsch

In der Vorweihnachtszeit stehen im ganzen Land Holzhäuser, die der nichtsahnende, weil zum Beispiel aus dem Fernen Osten kommende Tourist auf den ersten Blick für Eins-zu-eins-Modelle einer Weihnachtskrippe halten könnte. Doch wiewohl gelegentlich hier auch Ochsen und Esel ihre Zeit verbringen, handelt es sich dabei keineswegs um Abbilder des Stalles von Bethlehem. Dementsprechend werden diese Hütten auch nicht von Engelschören beschallt, sondern im Regelfall von den „Seern", von Andreas Gabalier oder von den „Randfichten". Als Gäste finden sich hier auch niemals drei Weise aus dem Morgenland ein, sondern abendländische Alkoholiker.

Es handelt sich bei diesen Bretterhäuschen nämlich um sogenannte „Weihnachtspunschhütten".

Seit wann gibt es eigentlich diesen Brauch, zu Weihnachten Punsch zu trinken? Und das so massenhaft, dass man auf den Hauptplätzen mancher Bezirksstädte vor lauter Hütten keine Häuser mehr sieht?

Wir wissen es nicht.

In alten Kochbüchern, wie etwa in „Was koche ich heute?" von Eckel/Ziegenbein aus dem 1931er-Jahr findet man zwar das Rezept für einen Silvester-, nicht aber für einen Weihnachtspunsch. Das scheint auch durchaus nachvollziehbar. Denn es ist seit alters her schöne europäische Tradition, sich am letzten Tag des alten Jahres ordentlich zu besaufen, um dadurch gleich am ersten Tag des neuen Jahres seine Tierliebe unter Beweis stellen zu können, indem man mit einem riesigen Kater aufwacht.

Um sich einen solchen zu verschaffen, gibt es wohl kein geeigneteres Getränk als den von den Engländern im 18. Jahrhundert aus Indien importierten „Punch". Sein Name stammt angeblich aus dem Hindi – „panca" heißt auf Deutsch „fünf". Ein Hinweis darauf, dass die Urform dieses süßen Heißgetränks aus ebenso vielen Grundbestandteilen zusammengepantscht war: nämlich aus Früchten, Tee, Alkohol, Zucker und Wasser. Aus welchen geheimnisvollen Ingredienzen heutige Punsch-Wirtinnen und -Wirte ihre hochklassigen Kopfweherzeuger mixen, ist deren individuelles Geheimnis.

Außer am Wiener Christkindlmarkt. Denn dort wurde den Standlern vor einigen Jahren von der Stadtregierung ein sogenannter „Einheitspunsch" verordnet. Scharfzüngig wurde dies von der heimischen freien Qualitätspresse kritisiert. Man forderte: „Freies Pantschen für freie Bürger!"

Wir wünschen Ihnen, verehrte hochgebildete Leserin, und Ihnen, charmanter Leser, ein herzliches „Prost!".

Und für den Morgen danach ein volles Packerl Aspirin-C-Brausetabletten.

Wohl bekomm's!

11. DEZEMBER

Krippenspiele

Und? Haben Sie schon Ihre Weihnachtskrippe vom Dachboden geholt und entstaubt? Bereits geprüft, ob Ochs und Esel jeweils noch vier Beine haben und auch dem Verkündigungsenglein kein Flügerl fehlt? Jetzt wäre noch Zeit genug, im gut sortierten Devotionalienhandel schadhafte oder fehlende Teile nachzukaufen.

Als Hilfestellung veröffentlichen wir hier eine Liste der unbedingt notwendigen Figuren: das Jesuskind, Maria und Josef, einige Hirten, vielleicht mit Hirtenhund und ein paar Lämmern, weiters zumindest ein Engel und natürlich die Heiligen Drei Könige. Wenn man will, kann man diesen auch ein gesatteltes Kamel oder einen prächtig geschmückten Elefanten beigesellen, notwendig ist das aber nicht.

Unverzichtbare Tiere hingegen sind Ochs und Esel – obwohl weder der eine noch der andere in den Evangelien erwähnt wird. Als allerdings der heilige Franziskus anno 1223 im italienischen Greccio mit lebenden Menschen und Tieren das Weihnachtsgeschehen für die einfachen Leute nachvollziehbar visualisierte, da waren Ochs und Esel vermutlich bereits dabei. Und das ungleiche Paar trotzte sogar den Kirchenoberen: Denn als beim Konzil von Trient (1545–1563) beschlossen wurde, sämtliche nicht in der Bibel erwähnte Figuren aus bildlichen Darstellungen zu verbannen, waren damit auch Ochs und Esel gemeint. Die beiden haben sich aber bis heute im Figurenkanon der Weihnachtskrippen „neuen Stils“ gehalten, der mit der Aufstellung einer Krippe durch die Jesuiten in Prag bereits zur Zeit des Trienter Konzils 1562 begründet wurde.

Inzwischen sind Krippendarstellungen weltweit verbreitet. Und seit der Barockzeit gehen sie über das übliche kleine Stallszenario weit hinaus: Opulent wird oft mittelalterliches Stadt- und Dorfleben abgebildet. Das Kernstück der Krippe, der Stall, tritt dabei in den Hintergrund. Manchmal werden auch verschiedene biblische Legenden in die Krippe integriert, wie etwa die Vertreibung aus dem Paradies oder der Kindsmord in Bethlehem durch die Schergen des Königs Herodes.

Einzug in die privaten Haushalte fanden die Weihnachtskrippen ab der zweiten Hälfte des 18. Jahrhunderts. Grund dafür war, dass einige Landesherren das Aufstellen von Krippen in öffentlichen Gebäuden, darunter auch in den Kirchen, untersagten. Möglicherweise ging es dabei darum, die profanen Darstellungen des täglichen Lebens aus dem sakralen Raum zu verbannen. Denn ein derartiges Dekret erließ am 22. November 1784 für das Fürsterzbistum Salzburg auch Erzbischof Hieronymus Franz Josef von Colloredo-Mannsfeld. Als Exponent der sogenannten Katholischen Aufklärung und Mitglied der „Illuminaten" war er kein großer Freund des bestehenden Brauchtums. Neben dem Krippenaufstellen verbot er unter anderem auch die Wassertaufe der Metzgergesellen, das Abschießen von Böllern bei Prozessionen und die Eselsritte am Palmsonntag. Die Salzburger Katholikenschar nahm es ihm übel, dass er sie jeder frömmelnden Belustigung beraubte. Und so hieß es in einem Spottvers:

„Unser Fürst von Colloredo hat weder Gloria noch Credo!"

Im 19. Jahrhundert wurden dann auch Weihnachtskrippen aus Papier für den Privathaushalt angeboten. Ob diese im Verein mit dem sich ausbreitenden neuen Brauch des Lichterbaumaufstellens die Gründung der Freiwilligen Feuerwehren in Österreich beschleunigte, ist weder belegt noch auszuschließen.

12. DEZEMBER

Engelschöre

Selbst unverbesserliche Atheisten zeigen sich häufig von den großartigen Werken der Kirchenmusik begeistert. Und gerade die liturgischen Gesänge der Advents- und Weihnachtszeit weisen eine Fülle wunderbarer Liedwerke auf. Harmonisch verbinden sich hier häufig Alt- mit Mezzosopran- und Sopranstimmen zu engelsgleicher Chormusik von eindringlicher Schönheit. Allerdings: Wo nimmt man diese Stimmlagen her, wenn man keine Frauen zur Hand hat?

Moment! Was heißt hier keine Frauen?

Jeder Kirchenchor weiß heute ein Lied davon zu singen, dass Männerstimmen Mangelware sind. Engagiert singende Damen gibt es dagegen in den meisten Fällen genug. Früher war das anders. Da hätten die Damen vermutlich auch gerne gesungen, durften aber nicht. Bereits ab dem 4. Jahrhundert war Frauen das Mitwirken in gemischten Chören in einigen Regionen von kirchlichen Autoritäten verboten worden.

Ab Ende des 16. Jahrhunderts wurde „aus Gründen der Sittlichkeit" das öffentliche Auftreten von Frauen von mehreren Päpsten grundsätzlich verboten – die weiblichen Stimmen wurden von Knaben und in zunehmendem Maß von Kastraten übernommen. Bis in die Mitte des 19. Jahrhunderts wurden sieben- bis zwölfjährige gesangsbegabte Buben kastriert, um ihre schöne Stimme zur höheren Ehre Gottes zu konservieren. Aber nicht nur für kirchliche Chorwerke, auch in den gelegentlich durchaus profanen Barockopern wurden Kastraten eingesetzt – und einige von ihnen wurden zu umjubelten Popstars ihrer Zeit.

Auch zwei spätere Weltstars der Kompositionskunst waren als Kinder dafür vorgesehen, nach einem kleinen Eingriff späterhin in den höchsten Tönen eine Koloraturkarriere zu machen – Joseph Haydn und Gioachino Rossini. Den kleinen Joseph bewahrte das entschlossene Einschreiten seines Onkels, den kleinen Gioachino seine Mutter vor der Kastration.

Erst 1903 verbot Papst Pius X. das „Engagieren“ von Kastraten in der Kirchenmusik. 1922 verstarb mit Alessandro Moreschi der letzte Kastrat der päpstlichen Kapelle.

13. DEZEMBER

Bräuche, die es Gott sei Dank nicht mehr gibt

Wir haben uns in einigen der bisherigen zwölf Adventkalenderfenster ja mehrfach als Fürsprecher der Brauchtumspflege erwiesen. Aber es muss dabei auch gewisse Grenzen geben. Unserer Meinung nach können wir alle heilfroh darüber sein, dass mancher dieser alten Bräuche im Dunkel der Geschichte verschwunden ist. Stellvertretend für viele sei hier einer angeführt: das Sauschädelstehlen.

Stellen Sie sich einmal Folgendes vor: Sie leben im Dachsteingebiet und schlachten im Advent eines ihrer Schweine. Sie zerlegen das Tier zunächst grob, wobei Sie den Sauschädel ganz lassen. Vielleicht tun Sie das, weil Sie eine wertkonservative Person sind, und dem uralten Silvesterbrauch des Sauschädelessens zu frönen gedenken. Die Schweinsteile hängen Sie in der Schlachtkammer oder im Hof auf und schieben am Tor den mächtigen Riegel vor. Doch diese Sicherungsmaßnahme hilft Ihnen gar nichts. Getrieben von einer durch die winterliche Bergluft keineswegs erkalteten kriminellen Energie dringen nächtens andere Ortsbewohner in Ihr riegelgeschütztes Anwesen ein und entführen das als Silvestermahl fix vorgesehene rosafarbene Schweinehaupt. Unter Gejohle und während des Vortrags eines gegen Sie gerichteten Spottgedichtes verzehrt die elende Saubande den Schädel in Begleitung von frisch gerissenem Kren, Wurzelwerk und Erdäpfeln.

Und was können Sie als Bestohlener und Gedemütigter dagegen tun? Nichts! Denn hier triumphiert die Folklore über den Rechtsstaat. Anstatt die Sauschädelentführer und Spottdichter wegen Hausfriedensbruchs, Diebstahls, übler Nachrede und Kreditschädigung vor Gericht zu bringen, zwingt Sie, den Bestohlenen, ein verblendetes Brauchtum auch noch dazu, dem nachbarschaftlichen Verbrechergesindel die Getränke für die Begleitung des unredlichen Mahles zu bezahlen.

Aber Gottlob sind diese Raubritterzeiten vorbei! Wir haben diese Geschichte zwar in der Gegenwart erzählt, doch sie spielt in der Vergangenheit. Heutzutage können wir jederzeit auf unsere Wochenend-Ranch fahren und den schon im Advent im Supermarkt gekauften Silvestersauschädel getrost im Hof aufhängen.

Kein Mensch wird ihn stehlen. Das ist Zivilisation!

14. DEZEMBER

Das Paradeisl

Wir haben schon im siebenten Adventkalenderfenster darauf verwiesen, dass der Adventkranz vermutlich erst in den Dreißigerjahren des vorigen Jahrhunderts hierzulande massenhafte Verbreitung fand. Wir können die tausendfach gestellte bange Frage förmlich hören:

„Und *vor* dem Adventkranz? Gab es da nichts Ähnliches in den katholischen Landen?"

Doch, doch, es gab etwas: In Bayern sowie in den österreichischen und böhmischen Teilen der Donaumonarchie ist ein adventliches Gesteck nachgewiesen, das vier Kerzen trug, die man nacheinander an jedem Adventsonntag anzündete. Sein Name: das Paradeisl.

Dieses formschöne Aggregat rustikaler Frömmigkeit bestand aus vier Äpfeln, die mit sechs fein geschnitzten Stöckchen zu einer Dreieckspyramide verbunden waren. In jedem Apfel steckte eine Kerze. Das Paradeisl stand meist auf einem Teller mit Nüssen, Weihnachtsbäckerei und Trockenfrüchten. Die auf der Pyramidenspitze stehende Kerze wurde am vierten Adventsonntag erleuchtet.

Warum wir das erzählen? Nun – erstens, weil wir in dem vorliegenden Büchlein längst vergessene Advents- und Weihnachtsrituale einer staunenden Öffentlichkeit präsentieren wollen. Zweitens aber, und das erscheint uns bedeutend wichtiger, weil wir einen großen potenziellen Markt für etwaige Neuproduktionen des Paradeisls wittern.

Wäre das nicht ein Superding, geschätzte Damen und Herren Bobos, die Sie diese Zeilen lesen? Kein fader Kranz, den jeder Prolo im Diskontmarkt kaufen kann, nein: eine echt geile Eso-Pyramide aus zertifiziertem Zirbenholz! Aufgewertet wird diese feine Schnitzarbeit arbeitsloser Osttiroler Schilehrer noch durch Apferln aus biologisch-dynamischem Anbau und handgedrehten Fair-Trade-Kerzen aus dem Wachs glücklicher Hochlandbienen aus den ecuadorianischen Anden.

Das ist ein Weihnachtsgeschenk!

Was meint Ihr, liebe Bobos? Diesmal liegt kein natürlich abbaubares Fahrradkettenschmieröl für das Citybike auf dem Gabentisch. Auch kein Kochbuch für vegane Weihnachtsbäckerei ohne Butter, Ei und Milch. Und die reichlich abgeschmackten Werkstatt-Gutscheinmünzen fürs nächste Service des Jaguar- oder Volvo-SUV finden diesmal auch keine Abnehmer.

Denn heuer schenkt Ihr alle ein Paradeisl. Das spüren wir. Und eure Lebensabschnittspartnerin, respektive euer Lebensabschnittspartner wird es euch freudestrahlend danken. Mit einem innigen Bussi. Und einem irrsinnig originellen Gegengeschenk.

Drei Mal dürft Ihr raten, was das wohl sein wird!

15. DEZEMBER

Die Weisen aus dem Morgenland

Wir schreiben den 15. Dezember des Jahres 1972 und befinden uns in einer Volksschulklasse in einer Tiroler Fremdenverkehrsgemeinde. Der Religionslehrer, Herr Pfarrer Bartholomäus Niederlercher, von Freunden und seiner Pfarrersköchin kurz „Bartl" genannt, befragt die Kinder.

„Nun liebe Kinder: Wer hat denn den kleinen Jesus besucht, im Stall zu Bethlehem? Nun???"

Es herrscht allgemeines Desinteresse. Die Kinder spielen Pfitschigogerl oder machen Hausaufgaben. Ein paar von ihnen imaginieren auch, wie es wäre, sich mittels eines kleinen Tonbandgeräts und Minikopfhörern den aktuellen Hit von T. Rex „Children of the Revolution" ins Gehör zu ziehen. Allein – das ist noch nicht möglich. Der Walkman von Sony kommt erst sieben Jahre später auf den Markt.

Pfarrer Bartl beendet die für ihn unangenehme Situation, indem er Burgi, seine Lieblingsschülerin, direkt anspricht.

„Burgi, jetzt leg doch das depperte Ketterl weg, mit dem du da herumspielst ..."

„Das ist kein Ketterl, Herr Pfarrer!", entgegnet das Kind in heiligem Zorn und fügt hinzu: „Das ist ein Rosenkranz! Ich war grad beim siebten ZeistduMaria – jetzt haben Sie mich drausgebracht ... voll der Gnaden ... jetzt weiß ich gar nicht, wie's weitergeht!"

„Das ist die Strafe Gottes, dass du jetzt nicht weiterweißt. Denn während des Religionsunterrichts darf man keinen Rosenkranz beten! Sonst weint das Jesuskindlein."

Als Reaktion auf diese priesterliche Rüge beginnt Burgi sofort heftig zu weinen.

„Hör auf zu heulen, du Blunzn!", meint Pfarrer Bartl gutmütig und wendet sich einem anderen Schüler zu.

„Also, Baschti: Wer hat das Jesuskind besucht?"

Sebastian, vulgo Baschti, der vierzig Jahre später nicht nur Schischulbesitzer, sondern auch Vizebürgermeister und Lions-Club-Präsident des Ortes sein wird, löst sich schweren Herzens von der Lektüre seines *Akim*-Heftes. Dann beantwortet er die Frage des Seelsorgers und Religionspädagogen mit selbstsicherer Würde:

„Ein Engel des Herrn ist den Wirten erschienen. Und daraufhin sind die Wirten zu Bethlehems Stall gegangen!"

„Das waren die Hirten, du Depp! Die Hirten und nicht die Wirten, du Blunzenstricker!"

Der Religionspädagoge wird von einem Lachkrampf geschüttelt. Pflichtschuldig stimmt ein Großteil der Klasse in das Lachen ein, obwohl die wenigsten den Grund dafür nachvollziehen können. Selbst Burgi wischt sich die letzten Tränen ab und lächelt verschmitzt. Der gedemütigte Baschti aber sieht sich mit einer weiteren Frage konfrontiert:

„Aber wer hat außer den Hirten noch den Stall in Bethlehem besucht?"

„Das ist leicht!", erwidert der Bub nun mit der ungebrochenen Selbstsicherheit eines heranreifenden tirolerischen Entrepreneurs. „Das waren die vier Weisen aus dem Morgenlande!"

Pfarrer Bartl lacht nun nicht. Er starrt vielmehr den Schüler höchst erstaunt an und sagt:

„*Vier* Weise aus dem Morgenland?! Wie kommst du denn auf diese Idee?!"

„Durch das Lied.", erwidert Sebastian.

„Welches Lied?"

Mit glockenheller Stimme und fassungslos machender Intonationsunsicherheit beginnt der Bub zu singen:

„Es ziehn aus weiter Ferne drei Könige einher ..."

„Ja und?" Der Religionspädagoge sieht den Schüler fragend an.

„Na ja, das ist doch eh klar, oder?", erwidert Sebastian. „Drei Könige plus ein Herr – sind zusammen vier Weise, net?!"

Neuerlich wird der Herr Pfarrer von einem Lachkrampf geschüttelt.

Einige Wochen später kommen die Sternsinger in Bastis Elternhaus, singen ihre Lieder und sammeln für die Missionierung der Heiden in aller Welt. Drei der Buben sind als Könige verkleidet, ein Vierter trägt den Stern.

„Na bitte", denkt Sebastian bei sich. „Drei Könige, ein Herr! Also *vier* Weise! Und der Pfarrer hat mich ausg'lacht."

Einer Gefühlsaufwallung folgend beschließt der Bub, bei Erreichen der Großjährigkeit unverzüglich aus der katholischen Kirche auszutreten. Getan hat er das aber dann doch nicht. Denn wie wäre er sonst in einem Tiroler Ort Vizebürgermeister und Lions-Club-Präsident geworden?

Na eben.

16. DEZEMBER

Perchtenläufe

In den alpinen Regionen,
wo rustikale Menschen wohnen,
ist man der Tradition gewogen.
Hier wird das Brauchtum gern gepflogen.
Beim Watschentanzen, Maibaumstehlen
tut man jodeln und krakeelen!
Beim Schifahren, da lässt man's tuschen,
beim Häuselbauen tut man pfuschen.
Bei alledem fühlt man sich wohl
in Kärnten, Salzburg und Tirol.
In der Advents- und Weihnachtszeit
ist man im Alpenland bereit
für einen ganz besond'ren Brauch –
in Bayern pflegt man diesen auch:
In diesen kalten Tagen starten
Perchtenläufe aller Arten.
Mancherorts beginnt die Plag'
schon sehr früh – am Krampustag.
Anderswo lässt man sich Zeit
und ist zum Laufen erst bereit
Ende Dezember, Anfang Jänner.
Dann, das weiß der Brauchtumskenner,
beginnt die Zeit der rauhen Nächte –
da herrschen dann die Teufelsknechte.
Vor dem alpinen Perchtenlauf
setzt man sich die Maske auf.
Schön ist diese Perchte nicht,
hässlich macht sie das Gesicht.
Burschen, fesch wie Hinterseer,
werden schiach und das seit jeher.
Doch genauso will's der Brauch

und die Burschen woll'n es auch.
Eingehüllt in Zottelfelle
schwingen sie die Teufelsschelle.
Tun mit Eisenketten rasseln,
lassen Ruten niederprasseln
auf der Touristen Popsch und Rücken.
Die tut dies Brauchtum sehr entzücken.
Hat sich der Spuk zu End' gelaufen,
geht man gemeinsam einen saufen.
Doch mancherorts eilt man vorm Trinken
noch auf den Hauptplatz. Und dort winken
der schiachsten Schiachpercht tolle Preise.
Auf einer Winterurlaubsreise
haben der Kevin und der Klaus,
die in Wien-Ottakring zuhaus',
diesen Schiachpercht-Preis gewonnen –
obwohl sie gar nicht teilgenommen.
Beide waren unmaskiert –
trotzdem wurden sie prämiert!

17. DEZEMBER

Der Christbaum – tot oder lebendig?

Reden wir nicht lange um den heißen Brei herum, sagen wir es geradeheraus: Die Deutschen haben nicht nur den Adventkranz, nein, sie haben auch den Christbaum erfunden! Die erste schriftliche Erwähnung eines solchen geschmückten Tannenbaums stammt von anno 1527 aus Stockstadt am Main. Im 17. Jahrhundert war der Weihnachtsbaum dann bereits in den meisten evangelischen Regionen Deutschlands Teil des allgemeinen Brauchtums. Erst fast dreihundert Jahre nach seiner urkundlichen Ersterwähnung kommt der Lichterbaum auch nach Österreich: Die aus Berlin stammende Fanny von Arnstein, eine hochgebildete Dame, die in Wien einen bedeutenden literarischen Salon führte, war nicht nur Mitbegründerin der „Wiener Gesellschaft der Musikfreunde“, sie war auch die Erste, die nachweislich in Wien einen Christbaum aufstellte – 1814, in ihrem Palais am Hohen Markt. Dass es mit Fanny Arnstein ausgerechnet eine Jüdin war, die den evangelischen Christbaum ins katholische Wien brachte und damit so etwas wie eine ökumenische Tat setzte, wurde lange Zeit geflissentlich verschwiegen. Das Ganze passte nicht so recht in die ideologischen Vorstellungen des immer stärker werdenden Antisemitismus.

Der Christbaum freilich wurde in Österreich-Ungarn schnell in allen Schichten beliebt und begehrt – und darüber hinaus bis zur Mitte des 19. Jahrhunderts in Kontinentaleuropa, im Britischen Empire und in den USA.

Ende der 1970er- und in den 1980er-Jahren – wir zwei erinnern uns daran noch sehr genau, so, als sei es gestern gewesen – kam es dann zur großen „Weihnachtsbaumkrise“. Zumindest in grün-alternativen Wohngemeinschaften. Denn der Regen war sauer und der Wald vom Aussterben bedroht. Da konnte weder frau noch man zum nächsten Christbaummarkt gehen, um eine Nordmanntanne zu erstehen. Das wäre allen wie Leichenfledderei vorgekommen. Sich andererseits einen Kunststoffbaum anzuschaffen, das war mit der damals weitverbreiteten Jute-statt-Plastik-Ideologie schon gar nicht zu vereinbaren.

Was sollte man also tun?

In der basisdemokratischen WG-Sitzung meldete sich als Erster Severin, Soziologiestudent im achtundzwanzigsten Semester, zu Wort: „Ich könnte", begann er mit sanfter Stimme, „einfach einen Weihnachtsbaum häkeln!"

„Einen Weihnachtsbaum häkeln!", entgegnete darauf hohnlachend Kriemhild, die Kunststudentin. „Auf so eine verblödete Idee kann auch nur ein krankes Machogehirn kommen."

Und Kriemhild bot an, statt des Weihnachtsbaumes eine künstlerische Lichtinstallation zu machen. Dies wurde aber von der überwältigenden Mehrheit der WohngemeinschaftsmitbewohnerInnen empört abgelehnt. Im Kampf gegen die Atomkraft ginge es darum, Strom zu sparen und nicht zu vergeuden. Auch nicht für künstlerische Zwecke.

Kriemhild wollte darauf gerade sagen, dass sie auch eine Christbaumskulptur aus alten Blechdosen zusammenschweißen könne, als sich Benno zu Wort meldete. Er hatte soeben seinen Joint fertig geraucht. Den Hanf dafür hatte er in einem verschwiegenen Glashaus der elterlichen Großgärtnerei gezüchtet.

„Wir könnten doch", meinte Benno ein wenig monoton, „wir könnten doch einen lebenden Christbaum verwenden. In einem Blumentopf. Und nach Weihnachten tun wir ihn im Wald einpflanzen!"

Und so geschah es. Die Kunde vom lebenden Weihnachtsbaum verbreitete sich blitzartig in allen grün-alternativen Wohngemeinschaften West- und Mitteleuropas. Nach dem Dreikönigstag zogen ungezählte eingerauchte langhaarige Burschen und Nato-bejackte Mädchen hinaus in die Wälder rund um die Großstädte, um ihre Weihnachtsbäume einzupflanzen.

Durch dieses Weihnachtswunder konnte das Waldsterben verhindert werden.

18. DEZEMBER

Herbergssuche

Wir schreiben das Jahr Null. Im Tourismusbüro der beliebten Fremdenverkehrsgemeinde Bethlehem in Judäa sieht sich der von der römischen Besatzungsmacht eingesetzte Centurio für Quartiersqualitätsmanagement mit den Übernachtungswünschen vieler Weihnachtsurlauber konfrontiert. Und das, obwohl es Weihnachten ja noch gar nicht gibt.

Selbst für den Mittleren Osten ist es an diesem Tag ziemlich heiß. Und der Centurio wischt sich den Schweiß wiederholt von der Stirn, während er mit einem hochschwangeren jungen Mädchen und ihrem nicht mehr ganz so jungen mutmaßlichen Ehemann spricht.

CENTURIO
Wie war der werte Nomen?
Maria? Ist das ein Omen?
Und Sie sind Josef aus Nazareth?
Wir haben da ein giganticus Gfrett:
Wir sind komplettus gebucht!
Wer sich da ein Zimmer heut' sucht
wird iratus sein – zornig! Und flucht.
Haben Sie vielleicht eine Carta credita?
Von der Banka des Caesar Augustus?
Dann wär' Ihre Vita nicht mehr so bitter
und beendet wäre Ihr Frustus!
Wenn Sie zahlen mit Carta statt mit Sesterzen,
kann ich etwas machen. Ich tät's gern von Herzen!
Ach, Sie haben gar keine Karten?
Auch keine Visa von der Turmbank in Pisa?
Da brauchen Sie eigentlich gar nicht mehr warten.
Sine Cartae die Vita ist mieser!

Valete, schalom und baba!
Hebet euch fort und bleibet nicht da.

Weder Josef noch Maria verlassen die Schlange der Wartenden. Maria beginnt zu weinen. Der Centurio wird sichtlich nervös.

Finis! Hör'n Sie auf zu heulen,
cara puella, liebes Fräulein!
Ist Ihnen nicht klar?
Ich bin kein Barbar!
Romanus sum, ergo dekadent!
Mich stört es sehr, wenn eine flennt.
Wenn Frauentränen fließen,
kann ich das nicht genießen!

MARIA
Müssen wir noch weiter rennen,
dann muss ich auch weiterflennen.
Schau'n Sie mir doch ins Gesicht!
Verstehen Sie mich nicht?
Muss mich dagegen wehren,
mein Kindlein zu gebären
in einem Zelt
oder auf freiem Feld.

CENTURIO
O tempora o mores!
Heut hab ich nix wie Zores.
Gut, für das Entbinden
werde ich was finden!

Der Centurio kramt in seinen Unterlagen. Endlich wird er fündig und verkündet mit strahlender Miene:

Magnificus! Da! Bitte! Hier!
Ein tadelloses Wohnquartier!

Er zeigt Josef und Maria eine maßstabsgetreue Kohlezeichnung der in Aussicht gestellten Behausung, angefertigt von einem talentierten römischen Legionär.

Maria und Josef betrachten das Bild. Dann sieht Maria ihn an, Josef sieht sie an und wendet sich daraufhin wieder dem Centurio zu.

JOSEF
Das wirkt schon sehr ärmlich.
Um nicht zu sagen: erbärmlich!

CENTURIO
Ein domus magnus ist es nicht.
Doch blitzblank sauber, wenn auch schlicht.

MARIA
Ganz klar liegt doch der Fall:
Das Bild zeigt einen Stall!

CENTURIO (lacht hysterisch auf und sagt dann:)
Stall klingt fatal! Viel lustiger
klingt doch Villa Rustica!
Audite! Es ist keine Frage:
In Roma und in guter Lage
hätte das domus gut und gerne
zwei, drei stellae – also Sterne!
Die Krippe da sieht aus wie neu –
mit Bio-Stroh und Bio-Heu!
Der Esel und der Ochs,
die tun aus ihrer Box
Wärme in den Wohnraum blasen.
Naturnah – nur mit Bio-Gasen!
Doch wenn Sie das nicht wollen:
Valete! Ihr könnt euch verrollen!

Maria und Josef geben auf. Sie unterschreiben den Mietvertrag und ziehen in die Hütte ein, die später in die biblische Geschichte als Stall von Bethlehem eingehen wird.

19. DEZEMBER

Willibald, der verhinderte Weihnachtskarpfen

Es war einmal in längst vergangener Zeit, als das Ökologiebewusstsein noch nicht so weit entwickelt war wie heute, dass man in Bäche, Seen und Teiche Abwässer aus Landwirtschaft, Industrie und Gewerbe ableitete. Auf diese Weise wurde manch' kristallklares Biotop in kurzer Zeit in eine stinkende Kloake verwandelt. Und in einer solchen lebte Willibald, der Spiegelkarpfen.

Willibald hatte die besten Jahre seines Lebens hinter sich und haderte mit seinem Schicksal:

„Ach, was muss ich leiden hier in diesem Teich, dessen Wasser der Mensch versaut hat! Tag und Nacht umgibt mich Mühsal! Das Motoröl verklebt meine Kiemen und die Pestizide vergiften all meine Innereien! Ich möchte nicht als uralter Greis leidend auf den Teichboden absinken und dahinsiechen. Vielmehr gedenke ich, meinem beschwerlichen Leben ein Ende zu machen und zugleich meiner Existenz einen finalen Sinn zu geben: als goldgelb gebackener Weihnachtskarpfen auf dem Tisch einer kreuzbraven, gottesfürchtigen Familie."

Das dachte Willibald bei sich und bald handelte er danach.

Mit Todesverachtung biss er in den Angelköder des zweiundvierzigjährigen pensionierten ÖBB-Schaffners und Hobbyfischers Franz Hinterhuber.

Zwei Stunden später saßen Burgi und Franzi, die Kinder des ehedem fahrscheinzwickenden Petrijüngers, im Badezimmer und starrten wie gebannt in die Badewanne. In dieser schwamm Willibald. Vater Franz hatte ihn hier zwischengelagert, um ihn am Heiligenabend möglichst frisch auf den Tisch zu bekommen.

„Er sieht wahnsinnig traurig aus, der Karpf!", sagte Burgi mit belegter Stimme. „Ich mag den nicht essen!"

„Ich auch nicht!“, erwiderte Bruder Franzi.

„Weißt’ was?“ Burgi strahlte nun über das ganze Gesicht. „Die Mama und der Papa sind doch heute Abend bei der Tante Mimi und dem Onkel Fredi eingeladen. Wir packen den armen Karpfen in einen Wasserkübel, bringen ihn zum Teich und lassen ihn frei! Da wird er eine Riesenfreud’ haben.“

Gesagt, getan. Drei Stunden später fand sich Willibald im Wasserkübel wieder.

„Nein!“, rief er, „Nein! Tut das nicht, liebe Kinder. Ich möchte nicht in den Drecksteich, ich will auf dem herrlich gedeckten Esstisch landen!“

Doch es war noch nicht Heilige Nacht. Somit konnten die Kinder die Sprache des Karpfen nicht verstehen.

Und so endet diese Geschichte wie ein Märchen von Hans Christian Andersen – traurig.

Willibald wurde in den Teich zurückgeworfen und sank schwer deprimiert und bitterlich weinend in die dunkle Tiefe.

Und die Moral von der Geschicht’?
Befreie Weihnachtskarpfen nicht!
Bring lieber diesen Speisefisch
gebacken auf den Weihnachtstisch!
Mahlzeit!

20. DEZEMBER

Veganes Weihnachtsmenü?

Zu Alwine sagt der Golo:
„Du weißt, ich bin nun mal kein Prolo!
Wir sollten uns nicht so ernähren,
als ob wir beide Prolos wären!
„Das tun wir nicht!“, sagt die Alwine
und fügt hinzu mit froher Miene:
„Wir essen ja zum Weihnachtsfeste
heuer nur das Allerbeste:
Gänsebraten, Kaviar,
vom Kobe-Rind ein Beef tartare
Seezunge mit weißer Trüffel
und Mozzarella-Käs' vom Büffel!“
Golo schreit: „Um Gottes willen!
Ich will doch keine Tiere killen
für die private Weihnachtsfeier!
Ich will auch Käse nicht und Eier!
Glaubst du, dass ich solchen Mist mag
zu Heiligabend und am Christtag?!
Ich höre auf die Tierschutzmahner
und bin seit heute ein Veganer!“
Mit nicht mehr ganz so froher Miene
sagt daraufhin die Alwine:
„Für mich ist das kein Gaumenkitzel:
Räuchertofu, Seitan-Schnitzel,
Kichererbsen, Kidneybohnen,
Rote Rüben und Melonen
ersetzen weder Fleisch noch Fisch
mir auf meinem Weihnachtstisch!
Statt Beef tartare krieg ich Falafel?
Sag, hast du einen an der Waffel?
Willst du echt, dass ich mich stresse –

zu Weihnachten nur fleischlos esse?
Dann bist du, mein lieber Golo,
am Weihnachtsabend diesmal solo!“
Darauf wird Golo ziemlich blass,
und sagt: „Ich machte doch nur Spaß!
Alwine, du isst, was du willst,
auch wenn du dafür Tiere killst.
Iss Rentiersteaks und Wachtelei –
ich löffle meinen Hirsebrei!
Und dazu saufen wir uns an,
denn Champagner ist vegan!“
Golo lacht, Alwine kichert –
der Weihnachtsfriede ist gesichert.

21. DEZEMBER

Hausausräuchern in der Thomasnacht

Sie haben ja sicherlich vom letzten Osterfest noch ein paar Palmkatzerlzweigerl aufgehoben, gell? Die brauchen Sie nämlich heute ganz dringend. Denn wir feiern an diesem 21. Dezember den Gedenktag des heiligen Thomas. Jenes Apostels also, der den in christlichen Kreisen wenig schmeichelhaften Beinamen „der Ungläubige" trägt. Ungläubig deshalb, weil er sowohl die Auferstehung Christi wie auch die leibliche Aufnahme Mariens in den Himmel angezweifelt haben soll. In beiden Fällen wurden seine Zweifel durch Augenscheinlichkeiten zerstreut:

Der Auferstandene erschien ihm und zeigte ihm seine Wundmale. Und die Gottesmutter besuchte aus dem Jenseits den Zweifler und überreichte ihm als Beweis ihren Gürtel, den sie dorthin mitgenommen hatte. Der Gürtel wird übrigens bis heute im Vatopedi-Kloster auf dem Berg Athos aufbewahrt.

Aber zurück zum Ausgangspunkt – und dazu, wofür wir das sorgsam seit Ostern aufbewahrte Palmkatzerlzweigerl zu verwenden gedenken: Wir mischen es mit Weihrauch und wenn möglich mit ein paar geweihten Kräutern, legen das Ganze dann auf eine Glut, am besten in ein einem Weihrauchkessel ähnliches Gefäß.

Dann macht sich der Hausvater daran, die ganze Wohnung auszuräuchern. In vaterlosen Familien kann dies zur Not auch von der Mama übernommen werden.

Was ist der Zweck dieser Übung?

Nun – die Thomasnacht ist nicht nur die längste Nacht des Jahres, sondern auch eine der wichtigsten „Rauhnächte". Und in diesen treiben sich ja bekanntermaßen Dämonen, Hexen und andere jenseitige dubiose Gestalten gerne bei uns herum. Durch das Ausräuchern müssen sie husten und ziehen sich liebend gerne wieder in den Vorhof der Hölle zurück, wo sie hingehören. Für uns hat das den Vorteil, dass wir damit Unheil von uns abwenden können.

Aber bitte, Vorsicht: Übertriebenes Dämonenaustreiben kann am Austreiber oder an der Austreiberin selbst Schäden hervorrufen. Wir sagen hier warnend nur eines: Rauchgasvergiftung!

Für weitere Auskünfte wenden Sie sich bitte an Arzt, Apotheker oder den Exorzisten Ihres Vertrauens.

22. DEZEMBER

Weihnachtsmann an Christkind

Das Christkind und der Weihnachtsmann werden oft als Gegenspieler gesehen. Doch die beiden scheinen einander deutlich positiver gegenüberzustehen, als viele glauben. Das beweist das folgende vertrauliche E-Mail:

„Lies, Christkind“, schreibt der Weihnachtsmann,
„meine Geschichte fängt jetzt an:
Es ist ja unbestritten,
dass ich in meinem Schlitten
eindeutig schneller rase
als jeder Osterhase.
Da flott ich eine Kurve nahm,
geschah's, dass ich ins Schleudern kam.
An einer alten Eiche
brach ich mir die Speiche
von meinem linken Unterarm.
Ich schrie so laut, dass Gott erbarm.
Es war ein klarer Fall:
Ich musste ins Spital.
In einem schönen hellen Raum
hatte ich dann einen Traum:
Hier in diesem Krankenhaus,
da lebt es sich in Saus und Braus!
WLAN, Whirlpools, Wohlfühlsauna,
Adventureparks mit Urwaldfauna,
das macht, sagt man, vital.
Und was gibt's noch in dem Spital?
Gourmetköche im Haubentempel
kredenzen halbe Taubenschenkel
auf Bio-Himbeerenparfait –
dazu ein Uhudlersorbet.

Denn die Wellnesskomponenten
halten viele Patienten
für ganz wichtig und ganz richtig,
nach Komfort sind alle süchtig.
So stand's und das ist nicht gelogen
auf dem Patientenfragebogen.

Doch kostet das Gesundheitswesen
bekanntlich doch recht viele Spesen.
Lies jetzt weiter, Christkindlein,
und staune: Wo sparte man ein?
Die im Labor hat man gefeuert,
statt ihnen Kellner angeheuert,
und statt der ärztlichen Doktoren
kamen die Animatoren.
Christkind, ja, du wirst jetzt lästern:
Doch auch Pfleger sowie Schwestern
hat man durch die Bank gekündigt.
Der Patient, nicht mehr entmündigt,
kann nun alle Heilungssachen
hurtig an sich selber machen.
Do it yourself ist sehr beliebt,
weshalb es das auch lang schon gibt
bei Geldgeschäften in den Banken,
in Tankstellen als Selbertanken.
Und wie beim Tanken und in Banken
gilt das Prinzip hier auch bei Kranken:
Blut abnehmen mit der Nadel
– am Arm bitte! Und nicht am Wadel –,
den Blutbefund zeigt akkurat
der digitale Apparat.
Auf eines darf ich nicht vergessen:
Ich muss auch meinen Blutdruck messen!
Dann dran denken ihn zu senken,
doch vorher noch den Arm einrenken.
Denn an einer alten Eiche,

da brach ich mir ja die Speiche.
Am Superplasmamonitor
zeigt alles ein Chirurg mir vor.
Er gibt mir die Supertipps
auf Videoclips dank Mikrochips.
Doch Christkind, bitte, denk daran:
Du kennst ja deinen Weihnachtsmann!
Ich bin sehr gut im Schenken,
doch nicht im Armeinrenken.
Als wäre ich auf der Titanic,
gerat ich zusehends in Panik.

Gottlob bin ich dann aufgewacht,
in dieser schönen Heiligen Nacht,
in einem schönen Krankenhaus –
mein Alptraum ist vorbei und aus.
Denn hier gibt es kein Gschisti-Gschasti
Wachteleier-Antipasti,
doch exzellente Hausmannskost –
gekocht, gebacken und vom Rost.
Doch wichtiger noch als das Essen,
und das sollte man nie vergessen,
sind Diagnose, Heilung, Pflege,
und all das bringt man hier zuwege.
Die sind hier kompetent und nett.
Ich sitz im Patientenbett
wo ich dir diese E-Mail schreibe
und eine ruhige Kugel scheibe.

Mein Alptraum fällt mir wieder ein,
nein, Christkind, du, das war nicht fein.
Do it yourself find ich bei Banken
schon nicht lustig. Auch beim Tanken
lass‘ ich den Schlitten vor dem Starten
lieber von einem Tankwart warten.
Doch bin ich krank, find ich es fein,

kompetent umsorgt zu sein.
Drum wünsch ich mir als Weihnachtsmann
vom Christkind einen Zukunftsplan
von neuer kreativer Art,
der nicht beim Personal einspart!

23. DEZEMBER

Die Sprache der Tiere

In den alpinen Regionen, aber auch im Flachland rund um die gelegentlich blaue Donau, gibt es wunderbare Weihnachtslegenden. Eine erzählt davon, dass es in der Heiligen Nacht möglich sei, die Sprache der Tiere zu verstehen.

So begab es sich, dass im kleinen niederösterreichischen Örtchen Unterrohr an der Kleinen Tulln der frühpensionierte Briefträger Franz Skopicek dieser Sache auf den Grund zu gehen gedachte. Enthemmt durch den Konsum von zwei bis drei Bechern Punsch schlich er sich spätabends am 24. Dezember in die Stallungen des Bio-Bauern Hubert Hunzheimer. Und tatsächlich wurde er Zeuge des folgenden Gesprächs, das der hochdekorierte Zuchteber Herr Ferdinand mit seinem Schüler, dem jugendlichen Pascal, führte. Der hat Migrationshintergrund: Er stammt aus Norddeutschland und ist ein Rotbuntes Husumer Hausschwein.

„Ich insistiere“, dozierte Herr Ferdinand soeben, „dass Huntingtons *Clash of Civilizations* nichts anderes ist als ein Plagiat der Oswald Spenglerschen Thesen“.

„Ach Gottchen, das is mir doch Jacke wie Hose!“, warf der Jung-Eber mit leicht überschnappender Stimmbruchstimme ein.

Doch der alte, weise Saubär fuhr unbeirrt fort:

„Dennoch orte ich bei beiden, Huntington wie auch Spengler, eine kulturmorphologische, negativ-teleologische Virtualität, die Realität zu werden droht. Pascal, das ängstigt mich!“

„Cool bleiben, alter Bär!“, erwiderte Pascal, „Diese Negativ-Utopien sind blanker Unsinn. Die Zukunft gehört uns biologisch-dynamischen Jungschweinen. Alles wird easy! Alles wird bio! Alles wird nachhaltig!“

„Ja, du bist noch jung – noch beseelt von Ernst Blochs *Prinzip Hoffnung*!“ Herr Ferdinand sah Pascal mitleidig an.

„Aber bist du wirklich so naiv zu glauben, dass alles gut wird, Schweinderl?“

„Ja natürlich!“, meinte Pascal und fügte hinzu: „Betten aus Bio-Stroh! Sojakuchen! Grander-Wasser-Shakes! Geile Sachen! Und zu Silvester sollen fünf neue Mangalitza-Girls auf den Hof kommen. Da geht dann die Post ab, Mann!“

„Bei deinem dionysischen Hedonismus stellen sich bei mir alle Borsten auf!“ Herr Ferdinand wirkte nun doch etwas ungehalten. Dann meinte er in oberlehrerhaftem Ton: „Pascal, du solltest deinen Fokus mehr auf den kantischen kategorischen Imperativ legen!“

„Darf ich Ihnen mal was ganz offen sagen, Herr Ferdinand?“ Der juvenile Husumer Hausschweineber sah den weisen Alten rotzfrech an.

„Natürlich!“, entgegnete der nun wieder mit gütiger Stimme. „Die sokratische Ehrlichkeit war schon immer oberstes Axiom meines pädagogischen Wirkens!“

„Na, dann sperr' mal die Schweinsohren auf, alter Saubär!“, meinte nun Pascal, jeden Anflug von jungschweinischer Erziehung fallen lassend. „Deine ganze Philosophie ist mir aber so was von scheißegal! Und besonders wurst ist mir dieser Kant.“

„Ich finde das gut, dass dir Kant wurst ist. Denn wenn du so weitermachst, wirst du nämlich genauso enden, lieber Pascal: als Kantwurst!“ Als der Saubär daraufhin in homerisches Gelächter ausbrach, reichte es dem Lauscher und er trollte sich.

Als Franz tags darauf nach dem Hochamt beim Kirchenwirt ausgiebig frühschoppte, fragte ihn Pamela, die dralle Kellnerin:

„Na, wie war's, Franzl? Hast die Sprache der Tiere verstanden, gestern, in der Heiligen Nacht?“

„Aber woher denn!“, erwiderte der emeritierte Postzusteller mit einer wegwerfenden Handbewegung und fügte nach einem kräftigen Schluck Bier noch hinzu: „Mir kummt vur, die reden in der Christnocht noch vü unverständlicher als wie sonst, die Viecher!“

24. DEZEMBER

Vom Himmel hoch, da komm ich her!

Heute ist es also so weit. Das wird eine schöne Bescherung!

„Mutti!“, sagt der kleine Sohn.
„Ich glaub, die Englein kommen schon.
Riechst du nicht auch den feinen Duft?
Hörst du das Rauschen in der Luft?
Vom Himmel hoch ganz wunderbar
nähert sich der Englein Schar.
Als Christkinds Helfer bringen sie
Geschenke mir voll Fantasie!“
„Mein Sohn, ich glaube wohl, ich spinn’!
Das, was du riechst, ist Kerosin!“
„Das Flügelrauschen, hell und klar,
kommt nicht von einer Engelsschar?“
„Amazon weiß, wo wir wohnen!
Sie schicken uns drei Lieferdrohnen.
Die werfen jetzt gleich, weil ich Geld hab,
alles ab, was ich bestellt hab.
Doch musst du hier im Zimmer warten,
geh nicht hinaus in unser’n Garten!
Als Mutter könnt’ ich’s nicht ertragen,
dass die Geschenke dich erschlagen.“
Doch weil der Bub nicht folgsam ist,
schleicht er sich raus mit übler List.
Er blickt zum Himmel, sieht die Drohne!
Da fällt auf ihn …
… eine Patrone?
… eine Ikone?
… eine Melone?

Nein, nein! Nichts von alledem.

Mutti war nicht zu bequem
sich die Bewegung zu ersparen.
Sie ist zur Buchhandlung gefahren.
und hat dort, während sie noch schnauft
unser Buch für ihn gekauft!
Sie hat nur einen Witz gemacht,
und über Amazon gelacht.
Die Drohne fliegt zum Nachbarn munter
und wirft dort die Geschenke runter.
Dem Sohn fällt gar nichts auf den Schopf –
er fühlt sich frisch und fit im Kopf.
Er ist, und das steht außer Frage,
dies Buch zu lesen in der Lage!
Und die Moral von der Geschicht'?
Im Internet, da kauft man nicht!
Wehrt euch gegen den Wertewandel
und stärkt im Ort den kleinen Handel.

Fröhliche Weihnachterln!

Zweiter Teil

Zeit der Erwartung

Stets findet Überraschung statt.
Da, wo man's nicht erwartet hat.

Wilhelm BUSCH
Deutscher Zeichner, Maler und Lyriker
1832–1908

Beide schaden sich selbst:
der, der zu viel verspricht, und der, der zu viel erwartet.

Gotthold Ephraim LESSING
Deutscher Dichter
1729–1781

Die schönste Freude erlebt man immer da, wo man sie am wenigsten erwartet hat.

Antoine de SAINT EXUPÈRY
Französischer Schriftsteller und Pilot
1900–1944

Gespannte Erwartung wird selten befriedigt.

Johann Wolfgang von GOETHE
Deutscher Dichter
1749–1832

Advent – wer wartet worauf?

Tauet, Himmel, den Gerechten!
Wolken, regnet ihn herab!

Michael DENIS
Österreichischer Jesuit und Lyriker
1729–1800

Der Advent wird auch die Vorweihnachtszeit genannt. Die Antwort auf die im Titel gestellte Frage ist also zunächst einmal leicht zu geben: Wir warten im Advent auf Weihnachten, das schönste Fest des Jahres. Das klingt allerdings nicht nur trivial und vordergründig, das ist es auch.

Subtiler erscheinen dagegen immer wieder in der Adventzeit gehörte Äußerungen akademisch gebildeter Wirtschaftspropheten wie zum Beispiel die folgende:

„Der Handel erwartet sich vom diesjährigen Weihnachtsgeschäft eine kräftige Umsatzsteigerung im Vergleich zum doch eher mageren Vorjahresergebnis. Die deutlich bessere Konjunkturlage und die offensichtliche Bereitschaft der Kunden, für Geschenke und vor allem für den Weihnachtsschmaus noch tiefer in die Tasche zu greifen, zumal es ja für das Ersparte nach wie vor nur Negativzinsen gibt, lässt für uns Experten diese Hoffnung durchaus realistisch erscheinen!"

Gott sei Dank! Denn wenn's der Wirtschaft gut geht, geht's uns ja bekanntlich allen gut, und wer's glaubt, wird selig. Prognostiker prophezeien uns also gelegentlich eine Erlösung aus der „Baisse". Und sie verkündigen uns eine neue „Hausse", ergo den Einzug ins Verbraucherparadies. Einen temporären Einzug zumindest. Denn der Kapitalismus unterliegt nun einmal zyklischen „Ups and Downs", auf Nachfrage folgt Marktsättigung. Erst läuft die Produktion auf Hochtouren, dann gibt's wieder Kurzarbeit oder Entlassungen. All das geschieht in mehr oder weniger schöner Regelmäßigkeit, denn auch der die individuelle Freiheit des einzelnen „Tüchtigen“ so wunderbar hochhaltende Kapitalismus hat gewisse Gesetzmäßigkeiten.

Das soll unbestätigten Gerüchten zufolge sogar auch schon neoliberalen Wirtschaftstheoretikern aufgefallen sein, nachdem sie klammheimlich Karl Marx und John Maynard Keynes gelesen haben, statt immer nur Friedrich August von Hayek.

Bibelfeste Mystiker würden das Ganze vielleicht etwas anders formulieren, beispielsweise so:

„Auf sieben magere Jahre folgen sieben fette und auf sieben fette Jahre folgen sieben magere.“

Das Bibelzitat – wenngleich es aus dem Alten Testament stammt – bringt uns der Erwartungshaltung näher, von der Christen im Advent erfüllt sein sollten.

Der Begriff bezieht sich auf das lateinische „Adveniat Divi“, mit dem die Ankunft des gottgleichen Kaisers angekündigt wurde. In der christlichen Interpretation bezieht sich das natürlich auf die Ankunft von Jesus Christus und das damit verbundene Gedenken an die Erlösung von der Erbsünde. Der Advent ist somit auch eine Allegorie auf die Zeit vor der Ankunft des Messias. Nach christlicher Fantasievorstellung eine Zeit des Grauens und der Düsternis, gewissermaßen die „Hölle auf Erden“. So wurde das ja auch vom Jesuitenpater Michael Denis 1774 im wohl bekanntesten katholischen Adventlied höchst eindrucksvoll beschrieben:

> „Tauet, Himmel den Gerechten! Wolken, regnet ihn herab! Also rief in langen Nächten einst die Welt, ein weites Grab! In von Gott verfluchten Gründen herrschten Satan, Tod und Sünden. Fest verschlossen war das Tor zu des Heiles Erb’ empor.“

Die Tradition des Adventfeierns geht bis in die Urkirchen zurück. Die heutige Form mit vier Adventsonntagen wurde 1570 von Papst Pius V. kirchenrechtsverbindlich geregelt.

In der katholischen und der evangelischen Kirche umfasst der Advent zweiundzwanzig bis achtundzwanzig Tage – wobei die Adventzeit logischerweise dann am kürzesten ist, wenn der vierte Adventsonntag auf den Heiligen Abend fällt. Mit dem ersten Adventsonntag beginnt das neue Kirchenjahr.

In der orthodoxen Ostkirche dauert die Vorweihnachtszeit, die dort „Philippus-Fasten“ genannt wird, sechs Wochen – vom 15. November bis zum 24. Dezember.

In allen christlichen Kirchen soll der Advent die Gläubigen aber nicht nur an den Erlösungsvorgang erinnern, sondern auch an die Wiederkunft Christi am Jüngsten Tag gemahnen. Man kann den Advent also durchaus auch als Vorausdeutung auf die Apokalypse verstehen. Dies wird in den heute am liebsten gesungenen Adventliedern allerdings kaum zum Ausdruck gebracht – hier sind eher putzige Inhalte und Reime Trumpf. Ein schönes Beispiel dafür ist das vor allem in Deutschland sehr gerne gesungene Lied der in Melk geborenen und später nach Baden-Württemberg übersiedelten Dichterin Maria Ferschl aus dem Jahr 1954.

Darin heißt es unter anderem:

„Wir sagen euch an den lieben Advent, sehet, die erste Kerze brennt!“

Apropos „lieber Advent“ und „Apokalypse“:

Eine besondere Beziehung dazu haben – nomen est omen – natürlich die „Adventisten“. Dabei handelt es sich um eine ganze Reihe von christlichen Vereinigungen, deren zahlenmäßig bedeutsamste die „Freikirche der Siebenten-Tags-Adventisten“ ist, mit weltweit immerhin mehr als 17 Millionen Mitgliedern.

Adventisten gehen davon aus, dass der Jüngste Tag zeitnah bevorsteht. Geistiger Vater dieser Bewegung war der 1782 in Massachusetts geborene Baptistenprediger William Miller. Er vertrat – wie später auch seine Epigonen – die Meinung, die Bibeltexte seien inklusive aller darin vorkommenden Zeitangaben nicht allegorisch, sondern wörtlich zu verstehen. Ausgestattet mit diesem unerschütterlichen Glauben berechnete Prophet Miller bibelkonform den Weltuntergang für das Jahr 1843. Als die letzten Silvesterraketen im dämmernden Morgen des 1. Jänner 1844 verglüht waren, erklärte Miller, dass er sich verrechnet habe, und offerierte mit dem 22. Oktober 1844 flugs ein neues Datum für den bevorstehenden „Judgement-Day". Als sich auch an diesem Tag kein einziger Engel mit Posaune blicken ließ, wurde das Ganze um ein Jahr auf den 22. Oktober 1845 verschoben. Nachdem sich auch zu diesem Termin und zu allen weiteren Ankündigungen bis 1851 weder die apokalyptischen Reiter noch irgendein drachenartiges Wesen gezeigt hatten, unterließen es die offiziellen Vertreter der sogenannten Freikirchen, genaue Datumsprognosen vorzunehmen.

Vereinzelt treten aber immer wieder Mystiker auf, die meinen, wir lebten in einem finalen Dauer-Advent. Und vor allem in der Sommer-Sauregurkenzeit finden sich auch genug Boulevardblätter, die neben Oben-Ohne-Schönheiten gerne apokalyptische Thesen abdrucken. Jüngstes Beispiel:

Laut Ausführungen eines Propheten namens Michael Parker ist der nächste Weltuntergangtermin der 23. März 2021.

Wir dürfen gespannt sein.

Zeit des Fastens oder der Völlerei?

Ein Mensch, der seinen Körper durch zu viel Fasten unterdrückt, in dem steigt Überdruss auf. Solcher Verdrossenheit gesellen sich mehr Fehler zu, als wenn er seinem Körper die rechte Nahrung gegönnt hätte.

Hildegard von BINGEN
Deutsche Mystikerin, Äbtissin und Naturheilerin
1098–1179

Seit der Erfindung der Kochkunst essen die Menschen doppelt so viel, wie die Natur verlangt.

Benjamin FRANKLIN
US-amerikanischer Staatsmann, Erfinder und Schriftsteller
1706–1790

Eines ist sicher: Heutzutage ist Fasten wieder in und gilt als schick. Menschen, die das ganze Jahr über Gourmettempel besuchen, um sich dort von mit Hauben und Sternen ausgezeichneten Spitzenköchinnen und -köchen verwöhnen zu lassen, planen irgendwann drei Wochen im Jahr, in denen sie sich unter Aufsicht Enthaltsamkeit gönnen.

Ganze Heerscharen von Diätologinnen und Fastengurus verdienen ein Heidengeld damit, dass sie ihrer Klientel Milch-Semmel-Kuren nach F. X. Mayr oder gar absolute Nulldiäten verordnen.

Deren Einhaltung wird dann in sündteuren Seminarhotels fachkundig überwacht. Im Regelfall kostet ein solcher Kuraufenthalt deutlich mehr, als selbst die teuerste Variante einer Vollpension in demselben Beherbergungsbetrieb. Das ist allerdings verständlich, da diätische Sonderwünsche und somit Abweichungen vom vorgesehenen hoteleigenen Vollpensionsmenüplan immer schon einen Zahlungsaufschlag nach sich gezogen haben.

Und, bitteschön, kann es eine radikalere Abweichung vom hoteleigenen Vollpensionsmenüplan geben, als nur Milch und Semmeln oder gar nichts zu essen? Eben!

Nach solch wochenlanger Selbstkasteiung ziehen diese Menschen dann hinaus in die Welt und verkünden allen, die es hören wollen, und leider auch allen, die es nicht hören wollen, die Kur sei einfach „fantastisch" gewesen.

Denn in den wunderbaren Wochen der Enthaltsamkeit habe ihr Drüsensystem Glückshormone sonder Zahl ausgeschüttet. Dabei sehen diese ehedem Pausbäckigen und Heiteren nunmehr aus wie Schattenwesen, um die Gevatter Hein bereits bedrohlich nahe herumzuschleichen scheint.

Glücklicherweise gibt sich dies aber in den meisten Fällen recht zügig.

Denn das erste Fastenbrechen findet im Regelfall weitab von jedem Diätkontrollorgan statt. Und auch nicht in einem Gourmettempel, wo sich ja bekanntlich die Portionsgröße umgekehrt proportional zum Preis verhält. Nein, der geübte Milch-Semmel-Junkie und die routinierte Nulldiätlerin gehen zusammen zum Heurigen ihres Vertrauens. Hier brechen sie das Fasten nicht halbherzig, sondern anständig: Fünfzehn Deka Blunze und zwanzig Deka Kümmelbraten samt Brot werden mit drei Vierteln reschem Grünen hinuntergespült.

Im ersten Moment ist das Drüsensystem möglicherweise unsicher, was es denn nun ausschütten soll, langfristig aber kommt alles wieder ins Lot.

Ordentliches Übergewicht stellt sich ein, das im Jahr darauf wieder durch eine Radikaldiät unter Ausschüttung von Glückshormonen bekämpft werden kann.

Für diese Fastenwochen wird übrigens häufig und gerne eine Zeitspanne gewählt, die seit alters her in der christlichen Welt eben diesem Zweck gewidmet ist: die vierzig Tage vor Ostern, die klassische „Fastenzeit".

Es gibt einleuchtende Gründe dafür, dass sich auch heute noch sogar religionsferne Menschen dafür entscheiden.

Denn die Monate vor dem Aschermittwoch sind meist von unerträglicher Völlerei geprägt. Faschingsbälle und -umzüge, davor das wertkonservative und traditionsreiche Sauschädelessen anlässlich der Jahreswende, eine Woche nach dem Weihnachtsfestessen. Und dieser Gansl-Karpfen-Truthahn-Kalbsnierenbraten-Auftrieb schlägt an Opulenz in den meisten heimischen Familien alles, was das ganze Jahr über auf den Tisch kommt.

Genaueres dazu, vor allem über regionale Besonderheiten zum Thema „Weihnachtsschmaus", werden wir im dritten Teil dieses Buches noch erzählen.

Aber jetzt fokussieren wir uns auf das Thema, mit dem wir uns in diesem Kapitel beschäftigen wollen:

Im Gegensatz zu heute war die Adventszeit jahrhundertelang eine von der katholischen Kirche gebotene *Fastenzeit*. Erst 1917 wurde diese Regelung aufgehoben. Denn in dem in diesem Kriegsjahr erschienenen „Codex des kanonischen Rechts" wurde nur mehr der letzte Tag des Advents, also der „Heilige Abend", als Fast- und Abstinenztag festgelegt.

Hier erscheint uns ein kurzer Einschub nötig:
Denn selbst uns beiden, die wir freudestrahlend auf eine umfassende katholische Erziehung zurückblicken können, war vor der Recherchearbeit für das vorliegende Buch der Unterschied zwischen *gebotenen Fasttagen* und *gebotenen Abstinenztagen* nicht bewusst.

Jetzt vermeinen wir aber über das nötige Wissen zu verfügen und sind auch bereit, dieses weiterzugeben:

1) An *Fasttagen* ist für katholische Christgläubige eine einmalige Sättigung erlaubt; dazu sind auch noch zwei kleine zusätzliche Stärkungen gestattet.

2) An *Abstinenztagen* ist darüber hinaus auf jede Art von Fleischspeisen zu verzichten. Die Bezeichnung „Abstinenztag" meint also offensichtlich kirchenrechtlich korrekt formuliert

das, was man in unserer Kindheit gerne als *strengen Fasttag* bezeichnet hat.

Der Heilige Abend war also ein solcher *strenger Fasttag*. Und er wird in manchen österreichischen Regionen auch noch eingehalten, obwohl keine kirchliche Verpflichtung mehr besteht.

Denn in den 1980er-Jahren erlebte die katholische Kirche unter dem polnischen Papst Johannes Paul II. eine gewaltige Welle der Liberalisierung. Diese gipfelte 1992 in der Rehabilitierung Galileo Galileis, der auch eine zähneknirschende Anerkennung alter Ketzerideen immanent war: Denn nach einer für katholische Verhältnisse doch relativ kurzen Denkpause von nur dreihundertfünfzig Jahren räumte die Papstkirche freimütig ein, dass man sich geirrt habe. Und man verkündete zwei neue revolutionäre Ansichten:

A) Die Erde sei doch keine Scheibe, sondern mehr kugelähnlich und B) die Erde drehe sich um die Sonne.

Strenggläubige Katholiken konnten sich vom Schock dieser Hiobsbotschaften auch dann bei Würstel und Bier erholen, wenn sie diese am 31. Oktober 1992 verkündeten Erklärungen erst am 24. Dezember mitbekommen hatten. Denn schon seit 1983 war der Heilige Abend kein *gebotener Abstinenztag* mehr – deren gibt es im Kirchenjahr nur mehr zwei: nämlich Aschermittwoch und Karfreitag.

Doch selbst Agnostiker und Atheisten, die im Advent durchs Land flanieren, mögen heute häufig denken: Ein bisserl mehr fasten und ein bisserl mehr abstinent sein wäre durchaus wieder einmal angebracht. Denn was einem auf Advent- und Christkindelmärkten neben kitschigen Krippenfiguren, Plastikchristbaumschmuck, potthässlichen Tannenzweiggestecken und Weihnachtsmann-Pudelhauben an Fressalien angeboten wird, lässt urkatholisches Enthaltsamkeitsbrauchtum auch für Nichtgläubige durchaus wieder attraktiv erscheinen.

Denn der synthetische Weihnachtspunsch, der gesponnene Zucker, die Traditionsbäckerei in Form von Vanillekipferln, Kokosbusserln, steinharten Lebkuchen und picksüßen Zimtsternen, all das führt im Verein mit trendigen Christmas-Muffins und Santa-Claus-Cup-Cakes doch recht zügig zu einem – philosophisch gesehen – dialektischen Resultat: nämlich zu Überzuckerung und zu Übersäuerung.

Jenseits aller Philosophie führt beides aber auch und nachhaltig zu medizinischen Problemen – zur Übersäuerung des Magens ebenso wie zur Erhöhung des Blutzuckerspiegels. Man muss an dieser Stelle allerdings einräumen, dass auch in vergangenen Zeiten, als der Advent noch eine Fastenzeit und der Heilige Abend gar ein gebotener Abstinenztag war, bei jenen, die es sich leisten konnten, keine übertriebene Enthaltsamkeit an den Tag gelegt wurde. Vor allem in den Klöstern waren die Ordensleute schon im Mittelalter bemüht, das „Fleischverbot" ein wenig aufzuweichen. Und das gelang offensichtlich auch.

Die Ausgangslage war folgende: Im Frühmittelalter stellte Papst Gregor I. klipp und klar fest, dass an den gebotenen Abstinenztagen Fisch zwar erlaubt, der Verzehr warmblütiger Tiere aber strikt untersagt sei. Ein paar hundert Jahre später, beim Konzil von Konstanz, das von 1414 bis 1418 stattfand, erweiterte man kreativ die Gattung der Fische, indem man ein paar Warmblütler dazu nahm. Weil sie auch vorwiegend im Wasser oder zumindest nahe desselben leben, wurden Fischotter, Biber und interessanterweise auch der Dachs zu Fischen *honoris causa* erklärt. Ihr Fleisch durfte damit in den Klosterküchen an strengen Fasttagen gesotten, gebraten, gebacken oder gegrillt werden.

Noch im 18. Jahrhundert wurde in der theologischen Fakultät von Paris der Verzehr von Biberfleisch an den Fleischverbotstagen gestattet und zwar mit der zoologisch durchaus originell anmutenden Begründung, dass der „Biber in Bezug auf seinen Schwanz ganz Fisch" sei.

Durch den Fortschritt der Naturwissenschaften im 19. Jahrhundert und die dadurch zunehmend peniblen Kategorisierungen von Flora und Fauna verabschiedete sich auch die Kirche von ihren Honoris-Causa-Fischen.

Die Familienmitglieder eines wohlbestallten katholischen Bürgerhaushalts brauchten aber auch im 19. Jahrhundert keine Angst zu haben, dass sie mit leerem Magen ins Bett gehen mussten. Als Speisezettel für einen Fasttag schlug die ehemalige Wirtschafterin des Schottenstiftes zu Wien, Louise Seleskowitz, folgende Menüfolge vor:

Fischbeuschel-Suppe mit gerösteten Semmelstücken
Eierspeise mit Schnittlauch
Spinat mit Pofesen
Gebackener Karpfen mit Salat
Abgeschmalzene Nudeln mit Nüssen

Ihnen, liebe kritische Leserin, und auch Ihnen, lieber bemühter Leser, wird zweifelsfrei aufgefallen sein, dass sich dieser Speisezettel durch seine rigide Fleischlosigkeit nicht nur für einen gebotenen Fast-, sondern sogar für den gebotenen Abstinenztag hervorragend eignet.

Entnommen haben wir diesen hervorragenden Vorschlag der im Jahre 1901 erschienenen elften Auflage des „Wiener Kochbuchs" der oben genannten Autorin. Die erste Auflage dieses Werkes erschien bereits 1879.

Ob dessen sensationeller Verkaufserfolg vor allem auf die kreative Gestaltung der Fasttagsmenüs, für die es noch eine Reihe anderer Vorschläge gibt, zurückzuführen ist, ist nicht bekannt. Naheliegend ist das aber schon.

Denn Louise Seleskowitz ließ wohl jedes katholische Gourmetherz höher schlagen mit Fasten-Rezeptvorschlägen wie:

Echte Schildkrötensuppe
Krebse in Wein gekocht
Gebackene Schwämme gefüllt mit Kastanienpüree
Faschierter Hecht, garniert mit Citronenspalten und gemischtem Salat
Plumpudding, serviert mit Haselnusscreme und geschlagenem Obers

Also: Unserer Meinung nach könnte die katholische Kirche die Adventzeit durchaus wieder zur Fastenzeit, ja sogar zur Abstinenzzeit erklären. Sofern sich die Kirchengebote in bester alter Tradition an den Vorschlägen der Meisterköchin Louise Seleskowitz orientieren.

Und nicht an den Milch-Semmel-Diätvorschriften nach F. X. Mayr.

Guten Appetit!

Ein Weihnachtsgeschenk für Alice

Es ist das Vorrecht der Größe, mit geringen Gaben hoch zu beglücken.

Friedrich NIETZSCHE
Deutscher Philosoph
1844–1900

Die tiefste Wonne des Schenkens kann nur ein reifer Mensch auskosten, die tiefste Wonne des Beschenktwerdens nur ein Kind.

Paul HEYSE
Deutscher Schriftsteller und Literaturnobelpreisträger
1830–1914

Herr Waskowitsch, ein Herr Mitte dreißig, kommt in ein kleines, aber feines Spielwarengeschäft. Es ist Herrn Waskowitsch wichtig, nicht in der Filiale eines weltweit tätigen Spielwarenkonzerns einzukaufen, sondern eben in einem kleinen, feinen und seit Generationen bestehenden Familienbetrieb. Herr Waskowitsch sieht sich unsicher um. Sein herumschweifender Blick fällt auf einen Verkäufer, der wiederum ihn mit Scanner- und Kennerblick zu mustern scheint. Und das sieht das geschulte Verkäuferauge:

Herrn Waskowitschs Füße stecken in Waldviertler-GEA-Winterschuhen, gefüttert mit dem Fell glücklicher Lämmer. Diese grasten einst auf saftigen Wiesen in der Gegend von Schrems, um dann von erfolgreich integrierten afghanischen Asylanten liebevoll totgestreichelt zu werden. Der durch konsequente vegane Ernährung nahezu fettfreie Körper von Herrn Waskowitsch wird von einem naturfarbenen Fair-Trade-Leinenmantel mehr umweht als eingehüllt. Seine feingliedrige rechte Hand umklammert den Henkel einer Secondhand-Einkaufstasche. Dieses ein wenig klobige, aber gerade deswegen so unverwechselbare Vintage-Produkt wurde vor gut zwanzig Jahren im Rahmen eines Sozialprojekts von burgenländischen Sozialhilfeempfängerinnen aus naturreinem Bio-Schilf geflochten.

Herr Waskowitsch wirft einen misstrauischen Blick auf den Verkäufer, der nunmehr federnden Schritts auf ihn zukommt. Es ist Herr Knechtl. Und Herr Knechtl gilt in der Branche der Spielwarenmerkantilisten als Koryphäe. Auf Herrn Waskowitsch wirkt Herr Knechtl allerdings schon aufgrund seiner Kleidung irritierend: Unter einem mitternachtsblauen Hugo-Boss-Anzug trägt der Verkäufer ein schwarzes T-Shirt mit der weißen Aufschrift:

„Fünfzig ist das neue dreißig!"

Darüber hinaus wird das solariumgegerbte Bronzegesicht Herrn Knechtls gekrönt von einem gagerlgelben Toupet im Donald-Trump-Stil, das möglicherweise sogar Herrn Knechtls echtes Haar ist – was aber eigentlich noch schlimmer wäre.

Mit verschwörerischem und spitzbübischem Grinsen nähert sich der Verkäufer nun so weit seinem Kunden, dass Letzterer mit Entsetzen den mit Menthol angereicherten Atem des Ersteren riechen muss.

Nachdem Herr Knechtl ganz nahe an sein Opfer herangetreten ist, sagt er mit männlich herbem Stimmtimbre:

„Einen wunderschönen Nachmittag, darf ich Ihnen behilflich sein?"

„Nein! Danke! Ich will mich nur ein bisschen umschauen."

„Selbstverständlich! Sie haben alle Zeit der Welt. Bei uns ist der Kunde König. Tun Sie, was Ihnen beliebt."

Herr Knechtl hat diesen Satz – „Tun Sie, was Ihnen beliebt!" – vor kurzem auf einem Verkaufsseminar in einer burgenländischen Wellness-Therme gehört und sofort verinnerlicht. Herrn Waskowitsch scheint dieser Satz aber nicht wirklich zu gefallen, denn er giftet sofort zurück:

„Ich bin ein mündiger Konsument, ja?" Und – auf den Anzug des Verkäufers deutend – fügt er hinzu: „Darum weiß ich zum Beispiel, dass der alte Hugo Boss ein Nazi war. Und SS-Uniformen geschneidert hat."

„Aber ich bin wenigstens kein Wagnerianer!", erklärt Herr Knechtl beschwichtigend und ergänzt dann mit Nachdruck: „Ich *verabscheue* sogar die Musik Wagners!"

Der Kunde sieht den Verkäufer verständnislos an.

„Was hat denn das eine mit dem anderen zu tun?"

„Nun ja: Ich dachte, wenn ich schon denselben Schneider habe wie Heinrich Himmler, dann möchte ich wenigstens nicht denselben Musikgeschmack haben wie Adolf Hitler."

Der Merkantilist lacht sich halb kaputt über seinen gelungenen Witz.

Herr Waskowitsch teilt offensichtlich nicht Herrn Knechtls Sinn für Humor und insistiert auf seiner schon formulierten Selbstbeschreibung:

„Wie gesagt: Ich bin ein mündiger Konsument! Ich weiß ganz genau, was ich will!"

„Und was wollen Sie genau?"

Wie aus der Pistole geschossen kommt diese Frage des Verkaufsstars. Und schon ist der Kunde verunsichert.

„Ja, also ... ah ... mhm ... Ja! Ein Weihnachtsgeschenk hätte ich gerne, bitte!"

„Und wie alt ist das Kind?"

„Moment!", sagt Herr Waskowitsch und seine Miene verrät tiefes Misstrauen. „Woher wissen Sie denn, dass ich ein Weihnachtsgeschenk für ein Kind kaufen will?"

„Dadurch, dass wir uns in einem Spielwarengeschäft befinden und im Regelfall Spielwaren vorrangig von Kindern benützt werden, habe ich mir erlaubt, diesen Schluss zu ziehen ..."

„Also gut – das ist schon in Ordnung!", meint Herr Waskowitsch nun etwas freundlicher, um aber sogleich hinzuzufügen: „Man kann heute nicht vorsichtig genug sein. Überall werden Daten gespeichert!"

„Vor allem die bösen Daten!", meint Herr Knechtl und beginnt neuerlich heiter zu lachen.

Der Kunde ignoriert das und meint:

„Ich hab schon befürchtet, dass auf meiner Bankomatkarte illegal gespeicherte Privatdaten sind. Aber die Karte habe ich Ihnen ja Gott sei Dank noch gar nicht gegeben. Und die kriegen Sie auch nicht!"

„Ist auch nicht nötig", beschwichtigt der Merkantilist. „Wir nehmen hier ohnehin nur Bargeld."

„Ein löbliches wertkonservatives Geschäftsmodell!"

„Aber bitte keine Zweihunderter und keine Fünfhunderter!"

„Dieses Falschgeld hab ich sowieso nie bei mir. Drei."

„Wollen Sie mich auf den Arm nehmen? Es gibt keine Dreihundert-Euro-Scheine!"

„Das Kind ist drei Jahre alt."

„Ach so!" Herr Knechtl beginnt zu schwärmen: „Drei Jahre! Ein Traumalter! Man hat noch den unbeschwerten Tatendrang des Zweijährigen in sich, aber auch schon die abgeklärte Coolness des Vierjährigen."

„Coolness DER Vierjährigen! Nicht DES Vierjährigen. Meine Tochter ist ein Mädchen!"

„Seien Sie froh!"

„Das bin ich. Sehr!"

„Und das völlig zu Recht!" Herr Knechtl spricht nun mit der eindringlichen und doch samtigen Stimme eines christlichen Fernsehpredigers: „Mädchen sind ja weit intelligenter und machen in der Pubertät auch viel weniger Schwierigkeiten!"

„Ja, das ist richtig!", erwidert Herr Waskowitsch und lächelt. „Das sagt meine Frau auch immer."

Das Gesicht des Verkäufers wird nun ebenfalls von einem strahlenden Lächeln erhellt. Augenzwinkernd sagt er zum Kunden:

„Ich glaube, ich habe einen Riesen-Weihnachtsgeschenkstipp für Sie!"

Wie absichtslos schlendert Herr Knechtl auf ein Regal zu. Dort nimmt er vom obersten Brett aus der Ecke eine Spielwarenschachtel. Verstohlen wischt er den Staub weg, macht kehrt, geht zu seinem Kunden und drückt ihm das in farbigen Karton verpackte Juwel in die Hand.

Herr Waskowitsch wirft einen Blick darauf, erbleicht und murmelt:

„Das ist ja eine Cowboy-Pistole!“

Herr Knechtl bekommt einen kurzen Lachkrampf. Dann sagt er beruhigend:

„Aber nein! Wo denken Sie denn hin – das ist doch keine Pistole! Das ist ein Revolver. Täuschend ähnlich dem originalen Colt-Modell nachgebaut! Eine brillante Arbeit! Bio-Kunststoff aus der südlichen Mongolei! Alles Fair-Trade!“

„Egal! Ich verschenke kein Kriegsspielzeug!“

Herr Waskowitsch drückt dem Verkäufer die Spielzeugschachtel wieder in die Hand. Herr Knechtl sieht seinem Kunden tief in die Augen. Dann sagt er in ruhigem, ganz sachlichem Ton:

„Ihre Frau ist doch Feministin, oder?“

Herr Waskowitsch ist völlig irritiert:

„Bitte? Was wollen Sie damit sagen ...???“

Die Stimme des Merkantilisten wird noch einen Hauch sanfter:

„Es ist nur eine einfache Frage. Ist Ihre Frau Feministin – ja oder nein?“

„Ja!“, sagt Herr Waskowitsch. „Aber – woher wissen Sie das? Sind Sie Hellseher?“

Herr Knechtl macht eine wegwerfende Handbewegung.

„Aber woher denn! Das ist keine Hexerei. Das ist nur eine Mischung aus Berufserfahrung, Menschenkenntnis und Lebensklugheit.“

„Beeindruckend, das muss ich schon sagen!“, meint Herr Waskowitsch anerkennend.

„Vielen Dank!“, erwidert der wirtschaftskammerprämierte Shootingstar-Verkäufer des Jahres 1991 mit verbindlichem Lächeln. Und während er fast dreißig Jahre später die Sonne eines zweiten Frühlings vor seinem geistigen Auge aufgehen sieht, sagt er:

„Sie können als Geschenk für Ihre Tochter also wohl kaum eine Puppenküche mitbringen, oder?“

„Um Gottes willen, nein!"
„Oder vielleicht gar ein Barbie-Haus samt Barbie-Puppe?!"
„NEIN!!!"
„Bingo!", ruft Herr Knechtl. Und fügt mit Überzeugung hinzu: „Sie müssen also dem Mädel – wie heißt das Fräulein Tochter überhaupt?"
„Alice."
„Aber nicht nach der aus dem Wunderland, gell?"
„Nein. Nach der Alice Schwarzer."
„Eben!" Der Verkäufer nickt zufrieden. „Ergo müssen Sie Ihrer kleinen Alice logischerweise ein Anti-Geschlechterrollen-Klischee-Geschenk machen!"
Herr Waskowitsch sieht sein Gegenüber zweifelnd an.
„Schon, aber ..."
Herr Knechtl hat nun endgültig Oberwasser.
„Was gibt es da für ein Mädchen Besseres als einen Trommelrevolver? Noch dazu, wo das der Colt mit dem extralangen Lauf ist! Der gleiche, den auch Calamity Jane benutzt hat. Eine großartige Vorkämpferin der feministischen Idee in den USA der 1880er-Jahre!"
Doch den alternativ gekleideten Kunden quälen immer noch Zweifel.
„Wir verschenken aber kein Kriegsspielzeug! Meine Frau ist nicht nur Feministin, sie ist pazifistische Feministin!"
„Na, da haben wir ja dann komplett ins Schwarze getroffen!", gibt sich Herr Knechtl hellauf begeistert.
„Wieso?"
Der Verkäufer nimmt den täuschend echt aussehenden Spielzeugrevolver aus der knallbunten Verpackung und hält ihn dem Kunden unter die Nase. Dann sagt er in etwas strengerem Tonfall:
„Da schauen S' her, was da auf der Waffe steht!"
Herr Waskowitsch sieht den plötzlich doch recht autoritär wirkenden Herrn Knechtl irritiert an. Dann schaut er auf den Spielzeugrevolver und liest:
„Colt Peacemaker!"

„Peacemaker – Friedensmacher, verstehen Sie?"

Jetzt ist der Merkantilist wieder Fröhlichkeit und Freundlichkeit in Person. Während er den Revolver wieder einpackt, fährt er fort: „Ein pazifistischeres Spielzeug gibt's nicht. Weltweit nicht! Jeder Plüschteddybär ist dagegen ein aggressives Monster-Raubtier!"

„Gut, ja!", meint Herr Waskowitsch und beginnt laut nachzudenken. „Ein Gerät, das *Peacemaker* heißt, kann eigentlich gar kein Kriegsspielzeug sein, oder? Sonst müsste es ja *Warmaker* heißen, oder?"

„Hundertprozentig Ihrer Meinung. Und Hut ab vor Ihren polyglotten Fähigkeiten! Humanistisches Gymnasium, gell?"

„Nein. Rudolf-Steiner-Schule. Gleich nach dem Montessori-Kindergarten bin ich dort eingetreten. Es waren herrliche Jahre."

„Das kann ich mir sehr gut vorstellen!", sagt Herr Knechtl so überzeugend, dass er sogar einen Lügendetektor getäuscht hätte, wäre er an einen solchen angeschlossen gewesen.

„Ja, der Peacemaker scheint schon ganz gut zu meiner Alice zu passen, denke ich", meint Herr Waskowitsch jetzt beinahe schon fröhlich. Doch Sekunden später schläft ihm das Gesicht wieder ein:

„Aber – nein! Es geht doch nicht!"

„Wieso nein? Wieso nicht?"

„Der Revolver ist nicht altersgerecht für eine Dreijährige."

„Aber hundertprozentig altersgerecht, bitte! Keine kleinen, verschluckbaren Plastikteile!", sagt Herr Knechtl und simuliert kurz sehr überzeugend einen Erstickungsanfall. Dann ergänzt er: „Verglichen mit dem Peacemaker ist der Legobauernhof eine Killermaschine für Kleinkinder!"

„Hm. Das ist ein gutes Argument!"

Während er dies sagt, nimmt Herr Waskowitsch dem Verkäufer das Spielzeugpaket aus der Hand und den Colt aus der Verpackung. Dann lässt er ihn kurz um den Zeigefinger rotieren.

Herr Knechtl sieht ihm dabei zu und fragt ganz zwanglos:

„Und wie gefällt er Ihnen persönlich, der Peacemaker?"

„Toll!", sagt Herr Waskowitsch. „Ich bin ja selber sehr waffenfeindlich erzogen worden."

„Das hab ich mir schon gedacht, ja!", erwidert Herr Knechtl und hustet etwas verlegen.

Herr Waskowitsch wirkt fast wie in Trance, als er weinerlich fortfährt:

„Keine Spielzeugsoldaten, kein Kapselpracker, nichts. Nicht einmal ein Plastik-Tomahawk."

„Furchtbar!"

Herr Knechtl scheint nun echtes Mitleid mit dem Kunden zu haben. Der hat sich offenbar endgültig in der Erinnerung an seine schrecklich konfliktfreie Kindheit, bar jedes Cowboy- und Indianerspiels, verloren.

„Die einzige Spielzeugpistole, die ich je hatte, die habe ich mir selbst aus einem Vollkornbrotwecken herausgebissen. Leider war das schöne Stück aber bald verschimmelt."

Herr Knechtl hat den Eindruck, dass sich Herr Waskowitsch eine Träne aus dem Auge wischt.

„Kopf hoch!", meint der Merkantilist und klopft Herrn Waskowitsch aufmunternd auf die Schulter. „Die dunklen Jahre sind vorbei!"

Der Kunde sieht Herrn Knechtl ernst an. In seinem waidwunden Blick scheint ein kleiner Hoffnungsstrahl zu glimmen.

„Meinen Sie? Und warum?"

„Warum?" Das Verkaufsgenie spricht nun mit Verve und Engagement. „Weil sie eine kleine Tochter haben. Und weil Ihre wunderbare Frau Gemahlin gottlob Feministin ist. Sie sind ein Glückspilz, guter Mann!"

„Ja, da haben Sie recht!", erwidert Herr Waskowitsch strahlend. „Und warum genau bin ich ein Glückspilz?"

„Weil Ihre charmante Gattin darauf bestehen wird, dass Sie dem Fräulein Tochter alljährlich Anti-Geschlechts-Klischee-Geschenke machen. Und was sind Anti-Geschlechts-Klischee-Geschenke für ein Mädchen?"

„Bubensachen?“

„Bingo!“, erwidert Herr Knechtl und verfällt in Euphorie. „Sie kaufen jetzt und in Zukunft der heranwachsenden Alice jedes Jahr zu Weihnachten und natürlich auch zu Ostern und zum Geburtstag die typischen Bubengeschenke, die Sie selber nie gehabt haben!“

„Pfeil und Bogen?“

„Selbstverständlich!“

„Ferngesteuerte Kampfflugzeuge?“

„Und die dazugehörigen Flugabwehrkanonen. Da haben wir sehr schöne Stücke im Sortiment.“

Herr Waskowitsch wird immer interessierter.

„Und ich dachte immer: Kriegsspielzeug wird gar nicht mehr hergestellt!“

Herr Knechtl gibt sich nun ein wenig verschwörerisch.

„Wir stellen die Sachen nicht in die Auslagen. Aber es gibt nach wie vor sehr tolle Special-Interest-Produkte!“

„Können Sie mir da ein paar Beispiele nennen?“ Herr Waskowitsch ist sehr neugierig geworden.

„Selbstverständlich!“ Herr Knechtl zaubert aus verborgenen Geheimladen plötzlich ein ganzes Waffenarsenal hervor.

„Wir haben hier einen Märklin-Panzerzug, ein Kriegsschiffgeschwader fürs Sommerwochenende in der Lobau, ein Kalter-Krieg-Weltherrschaftscomputerspiel mit Wasserstoffbombensimulation ...“

Herr Waskowitsch gerät in einen Glückstaumel.

„Wissen Sie was? Packen Sie mir alles ein!“

„Alles? Wirklich alles?“ Nun ist selbst der erfahrene Merkantilist, den nach eigener Einschätzung eigentlich nichts mehr erschüttern dürfte, ein wenig perplex und sagt:

„Ich muss aber aus pädagogischen Gründen hinzufügen: Das Weltherrschaftscomputerspiel ist für eine Dreijährige noch nicht geeignet. Das geht frühestens ab acht. Das muss ich aus verkaufsethischen Gründen schon sagen, gell?“

„Ja, ja, selbstverständlich, natürlich!“, erwidert der mündige Konsument. „Heuer bekommt die Alice nur den Peacemaker.

Alles andere kriegt sie später. Aber wissen Sie: Ich kann jetzt jahrelang auf dem Dachboden damit spielen!"

Der Krampus – ein armer Teufel?

Pleased to meet you!
Hope you guess my name.

Erfreut, Sie zu treffen!
Ich hoffe, Sie erraten meinen Namen.

„Sympathy for the Devil"
ROLLING STONES

Wir reisten wegen unserer Recherchen für dieses Buch ins Bundesland Kärnten und stiegen in einem entzückenden Ort in einem entzückenden Drei-Sterne-Gasthof ab. Derer gibt es ja in dieser Region unzählige, sofern man der lokalen Fremdenverkehrswerbung Glauben schenken darf. Wir taten das und hatten vor, tags darauf, am 5. Dezember – also am Krampustag – einem der unweit von unserer temporären Bleibe stattfindenden Krampusläufe beizuwohnen. Über diese, wie auch über das ebenso unfassbare wie traditionsreiche Brauchtum der Perchtenläufe, haben wir bereits im ersten Teil „Unser Adventkalender" berichtet.

Nun saßen wir an diesem noch sehr jungen Abend in der entzückenden Hüttenbar dieses entzückenden Gasthofes und sprachen bildungs- und alterskonform über Marko Arnautovic' Dribbelkunst, Mozarts Jupiter-Sinfonie und Donald Trumps Ablaufdatum. Das epochale Dekolleté der bedirndelten Barfrau nahmen wir zwar peripher wahr, schenkten ihm aber keinerlei Beachtung. Aufgrund unserer Lebenserfahrung war uns allerdings klar, dass wir wegen der Kompetenzen der Hüterin der Hüttenbar hier nicht lange die einzigen Gäste bleiben würden. Denn als jeder von uns einen Martini-Cocktail bestellte, meinte sie mit einem verschmitzten Lächeln:

„Und? Seid's ihr olle zwei so wos wie der James Bond, wos euren Martini-Cocktail-Geschmack betrifft?"

„Nein!", sagte der eine von uns. „Nur ich!"

„Donn sind Sie der Gerührte und der Kollege do, der ist wohl lei der Geschüttelte, gell?", erwiderte rhetorisch fragend die bedirndelte Barfrau. Dabei lachte sie glucksend, was zu einem charmanten Wabern ihres oberen Körperdrittels führte.

Nachdem sie uns den geshakten wie auch den gerührten Martini-Cocktail kredenzt hatte, öffnete sich knarrend die Türe der Hüttenbar.

Einen Augenblick später kam er herein.

Sein Kopf war gehörnt und seine Kleidung schien zur Gänze aus schwarzgefärbten Schafpelzen gefertigt. Wenn man genau hinsah, vermeinte man einen Ziegenbockfuß zu erkennen. Seine Gesichtsmaske sah aus, als sei sie aus echter Menschenhaut gemacht. Hier musste ein Kunststoff der absoluten Spitzenklasse verarbeitet worden sein.

Der neue Gast schien von uns keine Notiz zu nehmen. Zielgerichtet schritt er auf die erstklassige Barfrau zu. Dabei entging es unseren geschulten Augen nicht, dass er ein wenig hinkte.

„Ich hätte gerne eine Bloody Mary, bitte!", sagte er mit wohltönender, sonorer Stimme und leichtem Tiroler Akzent. Vermutlich war er im Rahmen eines EU-geförderten, kulturkreisübergreifenden Perchten-Austauschprogramms hier im Kärntner Land tätig.

„Bideschön!", erwiderte die Bardame mit einem etwas lasziven Unterton. Mit wenigen, geübten Handgriffen hatte sie flugs den tiefroten Cocktail zusammengemixt und stellte das Glas vor dem Gast auf die Theke.

„Danke!", sagte dieser und nahm einen kleinen Schluck. Dann fügte er, diesmal allerdings mehr zu uns gewandt, hinzu: „Schon eigenartig, gell, dass man diesen Teufelstrank und Katerkiller nach einer katholischen englischen Massenmörderin benannt hat."

„Ja, die gute alte Mary Tudor!", erwiderte der eine von uns.

Und der andere fügte hinzu:

„An die dreihundert Evangelische wurden während Marys Regierungszeit verbrannt. Ein Brauchtum übrigens, das seinerzeit doch auch in Ihrer tirolerischen Heimat recht emsig gepflegt wurde, geschätzter Herr, oder?“

„Freilich, ja!“ Der gehörnte Gast ließ ein gutturales Lachen hören. „Ich bin aber gar kein gebürtiger Tiroler. Ich spreche mehrere Dialekte und Sprachen. Apropos: Da muss ich Ihnen einen herrlichen Witz erzählen! Verzeihen Sie – darf ich bei Ihnen Platz nehmen?“

Mit einer kleinen Geste bedeuteten wir ihm, er möge sich zu uns setzen. Wie etwa auch in den meisten arabischen Ländern gilt es im gesamten alpinen Raum als tödliche Beleidigung und schwere Verletzung des Gastrechts, wenn man eine solche Bitte abschlägig behandelt.

„Jetzt zu dem Witz!“, sagte der Perchtenmann, nachdem er sich gesetzt hatte. „Was sagt man über einen Menschen, der zwei Sprachen beherrscht? Man sagt, er ist bilingual! Und was sagt man über einen Menschen, der mehrere Sprachen spricht? Man sagt, er ist multilingual! Was sagt man über einen Menschen, der überhaupt keine Fremdsprache spricht? Er ist ein Franzose!“

Unser Tischnachbar lachte dröhnend über die soeben vorgetragene Pointe. Doch plötzlich erstarb sein Lachen und er schrie laut in Richtung Bar:

„Lucy! Nein, bitte nicht die Rolling Stones, Herrgott noch mal!“

Die Barfrau namens Lucy hatte ihre Spotify-Verbindung dazu genutzt, den alten Stones-Klassiker „Sympathy for the Devil“ zum Erklingen zu bringen. Mit einem resignierenden Achselzucken schaltete sie auf „My Sweet Lord“ um, den Uralt-Hit von George Harrison.

„Die Lucy glaubt, sie macht mir mit ‚Sympathy for the Devil‘ eine Freude. Das tut sie aber nicht.“ Sich selbst unterbrechend tippte sich der Gehörnte auf die zerfurchte Stirn. „Herrgott, was bin ich für ein Depp! Ich hab mich ja noch gar nicht vorgestellt! Ich bin der Ferry!“, sagte er und reichte uns beiden die Hand.

Wir stellten uns selbstverständlich ebenfalls mit unseren Vornamen vor.

Wir folgten damit einem Usus der westösterreichischen Highländer, der ähnlich wie die bizarren Formen der sogenannten „Hüttengaudi“ uns eingefleischten ostösterreichischen Lowländern immer fremd und im Grunde verhasst bleiben wird. Aber es scheint uns ein Gebot selbstverständlicher Höflichkeit, dass wir uns den Bräuchen der indigenen Bevölkerung jener Länder anpassen, die wir bereisen. Zumindest teilweise: Wir stellen uns mit unseren Vornamen vor, bleiben in der Anrede aber weiter beim förmlichen „Sie“.

„Heutzutage ist doch Image alles, nicht?“, fuhr Ferry fort. „Und in dem Text von „Sympathy for the Devil“ bin ich der Mörder der russischen Zarenfamilie und der Kennedys! Außerdem komme ich auch noch als Nazi-Panzergeneral vor! Wieso, bitte, soll ich da eine Freude haben? Mein Image ist eh schon seit zweitausend Jahren im Keller, auch ohne diesen depperten Text! Dabei war ich im Alten Testament noch ein angesehener Manager in der Himmelsadministration vom Chef!“

Wir beide sahen an Ferry vorbei und einander an. Wir hatten alle Mühe, uns das Lachen zu verbeißen. Ferry, der verrückte Perchtenläufer, schien ein Schüler des großen russischen Theatertheoretikers Stanislawski zu sein. Denn offensichtlich identifizierte er sich vollkommen mit dem Teufel, den er darstellte. Wie weit das ging, interessierte uns durchaus.

Und deshalb beschlossen wir, ihn mit ein paar gezielten Fragen weiter zum Plaudern zu bringen:

„Was haben Sie denn da gemacht, seinerzeit, als alttestamentarischer Manager?“

„Das wisst ihr doch, oder?“, gab sich Ferry erstaunt. „Ihr müsst doch das Buch Hiob kennen. Die Hiob-Legende! Ihr seid doch hochgebildete Herren, oder nicht?!“

So eine Frage nach der Bildung hat immer etwas Rhetorisches, wenn sie nicht ironisch gemeint ist. Sicherheitshalber antworteten wir, indem wir sagten: Klar sei uns die Geschichte vom Dulder Hiob wohlbekannt und durchaus geläufig, die genauen Details seien uns aber im Augenblick leider nicht hundertprozentig abrufbar ...

„Ihr habt keinen Tau von einer Ahnung, gell?", meinte Ferry mit tirolerischem Lachen, das an sich schon dem luziferischen nicht unähnlich ist.

„Also", fügte er dann in durchaus gutmütigem Tonfall hinzu, „ich werde eurer Erinnerung auf die Sprünge helfen!"

Und Ferry begann zu erzählen: In grauer Vorzeit habe der Herrgott zu ihm, dem Satan, gesagt, wie sehr er, der Herrgott, den Glauben und die Gottesfurcht des Menschen Hiob zu schätzen wisse.

Daraufhin habe er, der damals noch als Satan bekannte Ferry, dem Herrgott erwidert:

„Okay, Chef! Aber bitte, unter uns, ganz ehrlich gesprochen: Mich wundert das nicht, dass der Hiob ein eingetragenes Mitglied in Ihrem Fanclub ist! Ich mein, der hat null Probleme, ist glücklich verheiratet, hat zehn Kinder, alle fesch, brav, fleißig, nicht drogenabhängig. Dazu kommt ein Riesenanwesen, ein Batzen Viehbestand, Felder, Wälder und Gelder in Hülle und Fülle. Klar sagt dieser Hiob: ‚Ich lobe und preise den Herrn!' Er kriegt ja auch pausenlos den Staubzucker mit dem Strohröhrl ins Ohrwaschl geblasen, mit allem Respekt formuliert. Aber wahrer Glaube, Chef, erweist sich erst dann, wenn nicht mehr alles so pipifein ist. Wenn es da und dort einmal einen Schicksalsschlag gibt. Einen wirtschaftlichen Einbruch, einen tragischen Todesfall im Verwandtenkreis, ein bisserl ein Wehwehchen gesundheitlicher Art – dann wird man sehen, wie es wirklich ausschaut mit dem Gottvertrauen."

„Und was hat Ihr Chef, also der Herrgott, darauf gesagt?", fragten wir gespannt.

Ferry antwortete:

„Mein Chef hat gesagt: ‚Was, Satan, mein lieber treuer Knecht, gedenkst du zu tun?' Daraufhin ich: ‚Herr Chef, lassen Sie mich den Hiob prüfen!' Der Chef hat genickt und gemeint: ‚So sei es! Gehe also hin und tue es!' Und ich ging hin und tat es. Gut, die Prüfungen, die ich mir ausgedacht habe, waren kein Lercherlschas, wie man das heute in der Managersprache formulieren würde. Um es kurz zusammenzufassen: Am Schluss waren alle Kinder von Hiob tot, er war komplett pleite und todkrank. Eine Geschwulst von der Zehe bis zum Scheitel, wie es heute in der Schrift noch nachzulesen ist. Es war schon ein Komplettprogramm. Vielleicht ein bisschen überzogen, das muss man ganz ehrlich sagen!"

Wir sehen Ferry durchdringend an. Und wir stellen die unvermeidliche Frage:

„Aber warum haben Sie das getan?"

Ferry scheint nun ein wenig peinlich berührt, aber er lieferte prompt seine Antwort:

„Weil das mein Job war, Freunde, ja? Ich war praktisch der Headmanager von der Personalentwicklung! Der Loyalitäts-Checker. Alle Engel – und ich war ja damals ein Engel – haben unterschiedliche Funktionen gehabt. Der Gabriel beispielsweise war für Botendienste zuständig. Gut, da war damals noch nicht so viel los. Erst später flog er bekanntlich schnell hernieder. Und mein Freund Michi, der Obererzengel, war Security-Chef. Darüber ist ja auch viel Blödsinn geschrieben worden – der Michi hätte mich runtergeschmissen und solche Sachen. Alles reiner Unsinn!"

„Aber – was uns doch sehr interessiert", setzen wir unsere Befragung fort. „Warum, lieber Herr Ferry, sind Sie denn so brutal gegen den Hiob vorgegangen?"

„Na ja, mein Gott, ich war jung, ein Heißsporn, net?!", erwidert er. „Heute würde ich das in dieser Härte sicher nicht mehr machen. Aber ich bin ja jetzt gereifter. Ein paar tausend Jahre älter. Aber – für den Hiob ist es eh gut ausgegangen: Er hat trotz aller Prüfungen den Herrgott weiter gelobt und gepriesen – deswegen ist er schlussendlich auch belohnt worden. Er ist gesund geworden, hat noch einmal einen Haufen Kinder gekriegt und auch wirtschaftlich war wieder alles paletti. Aber mein Image hat ab da ein bisserl Schaden genommen."

„Aber auch durch die Versuchung Jesu, oder?"

Ferry hat mit dieser Zusatzfrage offensichtlich gerechnet. Er macht eine wegwerfende Handbewegung und sagt:

„Das ist unglaublich aufgebauscht worden!“ Und während er uns aus seinen grünen Augen treuherzig ansieht, fügt er hinzu: „Das müsst ihr mir glauben!“

„Wir sind Agnostiker!“, erwidern wir kühl. „Wir glauben gar nichts.“

„Wurscht! Hört mir trotzdem zu: Also – wie Jesus in die Wüste gegangen war, fasten, meditieren, spirituelle Einkehr halten, bin ich zu ihm hingegangen und habe gesagt: ‚Herr Jesus, eines ist klar: Sie sind der Sohn vom Chef, Sie brauchen sich auf gar keinen Fall von einem römischen Wurschtl wie dem Pilatus oder einem aufgeblasenen Oberpfarrer wie dem Kaiphas in eine Bredouille bringen lassen. Ich habe dem Herrn Papa lange genug gedient, ich habe Macht genug, eine Dämonenarmee zusammenzustellen und wir hauen denen eine auf den Zichorie! Ich bin mir sicher, dass uns sogar der Security-Michi hilft, wenn ich mit ihm rede. Bitte, die werden vor uns davonrennen, die römischen Legionäre! Wie die Antilope, wenn sie das Brüllen des Löwen hört.‘ Aber der Herr Jesus hat gesagt: ‚Nein, das machen wir so nicht. Das ist nicht nach meines Vaters Willen, auf Wiederschau'n!‘ Dann bin ich gegangen. Und das war schon alles! Das war die ganze angebliche Versuchung Christi durch mich. Das ist doch lächerlich.“

„Und wieso sind Sie dann in Ungnade gefallen bei Ihrem Chef, wie Sie ihn nennen?“

„War mein Fehler, keine Frage. Ich habe den unerforschlichen Ratschluss mit dem notwendigen Opfertod des Sohnes nicht verstanden. Darum bin ich aus der engeren Umgebung des Chefs ausgeschlossen worden. Ich musste sozusagen auf die dunkle Seite der Macht wechseln. Ich war praktisch ein früher Darth Vader, könnte man sagen. Anfänglich war ich schwer enttäuscht, das muss ich schon zugeben!“

„Und deswegen sind Sie zum Gegenspieler Gottes geworden?!“

Ferry lacht schallend.

„Das ist ein lustiger Gedanke! Mein früherer Chef ist allmächtig, ohne den geht gar nix. In allen Galaxien und Paralleluniversen. Da gibt es keine Gegenspieler. Ich kann ein bisserl Leut' sekkieren, aber ohne seinen Willen kann ich gar nichts machen. Jedenfalls – nach einiger Zeit habe ich mich mit meinem Schicksal abgefunden. Ferry, habe ich zu mir gesagt, ein Fürst der Finsternis ist auch ein Fürstl und kein Würstl. Ich wurde ja von den Menschen damals schon Luzifer genannt. Freunde nannten und nennen mich aber Ferry. Apropos Luzifer – das heißt ja auf Deutsch Lichtbringer. Eigentlich ein lustiger Name für einen Fürsten der Finsternis, oder? Mir persönlich ist ja der Name Mephisto weit lieber. Wegen dem Goethe. Weil: Was sagt der Mephisto im Faust? ‚Ich bin ein Teil von jener Kraft, die stets das Böse will und stets das Gute schafft!' Die meisten Kerzerlschlucker machen das Gegenteil, wenn ich das einmal so direkt sagen darf."

„Dann sind Sie also zufrieden mit Ihrer Rolle?"

„Aber woher denn! Ich hab es doch schon gesagt, mein Image ist im Keller!"

Mit einem entschlossenen Schluck vernichtet Ferry den letzten Rest der Bloody Mary. Dann fährt er fort:

„Fürst der Finsternis, da hab ich mich allmählich daran gewöhnt. Ich mein', man hat mich gefürchtet. Das ist auch eine Emotion. Man ist den Leuten nicht wurscht. Aber in den letzten hundertfünfzig Jahren – diese ganze Säkularisierung, dieser ganze Laizismus –, keiner glaubt mehr an irgendwas. Wisst ihr, was mir armem Teufel nur noch geblieben ist?"

„Was ist Ihnen denn geblieben?" Langsam bekommen wir Mitleid mit unserem tirolerischen Perchten-Tischnachbarn.

„Das Einzige, was mir geblieben ist", erwidert Ferry bitter, „sind Streifzüge gemeinsam mit einer männlichen, geriatrischen Heiligenfigur – mit dem immer schwieriger zu erreichenden Ziel, kleine Kinder zu erschrecken!" Er seufzt und meint schließlich: „Mir geht diese Arbeit mit dem Nikolo fürchterlich auf die Socken. Ich hab dieses ganze Bösesein so satt. Aber ein armer Teufel wie ich kann leider nicht in Pension gehen!"

Wir applaudieren.

Und dann erklären wir wortreich, wie begeistert wir davon sind, dass Ferry als kleiner einfacher Tiroler Perchtenläufer seine Krampus-Rolle so ernst nimmt, dass man ihn wirklich für einen mephistophelischen Beelzebub halten könnte.

Ferry verbeugt sich vor uns und verabschiedet sich mit überschwänglichen Worten der Dankbarkeit, dass wir ihm so lange zugehört haben.

Ehe er die Hüttenbar verlässt, wendet er sich noch einmal um.

„Meine lieben Herren", sagt er, „ich habe noch etwas Wichtiges vergessen. Mir wurde zugetragen, dass ihr gemeinsam an einem Weihnachtsbuch arbeitet und dass dies der Grund eures Hierseins ist. Es wäre mir Freude und Ehre zugleich, wenn mir jeder von euch ein Autogramm gäbe".

Mit diesen Worten greift er in sein schwarzes Schaffellwams und zieht ein Pergament heraus, das er auf dem Bartischchen vor uns entrollt.

„Bitte schön", sagt er „wenn ihr beide hier unten unterschreiben würdet". Mit diesen Worten reicht er jedem von uns eine Füllfeder. Dass er plötzlich diese Schreibgeräte herausgezogen hat, haben wir gar nicht bemerkt.

„Wenn-Sätze sind eigentlich würdelos!", sagt der eine von uns launig, während der andere meint: „Momenterl! Da steht doch was auf dem Pergament!"

„Natürlich!", sagt Ferry und lacht fröhlich. „Das ist ein Riesengag!"

Und wir beide lesen:

„Die Unterzeichneten verpflichten sich nach dem Ende ihres irdischen Wanderweges ihre Seele dem Teufel zu verschreiben.
St. Hippolyt an der Glan, am 4.12.2016."

„Was soll denn das für ein Gag sein?", fragen wir beide unisono den guten Ferry.

„Ich bitte euch, meine Herren. Ihr glaubt doch sowieso an gar nichts. Also kann es euch ja völlig egal sein, was hier steht. Macht mir doch die kleine Freude!"

„Ich unterschreib das nicht!", sagt der eine von uns.

„Und ich schon gar nicht!", fügt der andere hinzu.

Und beide geben ihre Füllfedern dem Ferry zurück. Der macht eine blitzartige Wandlung durch. Mit einer stürmischen Bewegung reißt er das Pergament an sich und ruft mit unnatürlich mächtiger Stimme, die nichts Tirolerisches mehr an sich hat, sondern eher an die Sprechweise eines Burgschauspielers der Zwischenkriegszeit erinnert:

„Ihr gottverdammten, kleinen miesen Krypto-Katholiken! Was seid ihr doch für feige Hunde! Ganze Kohorten von Päpsten haben dieses Pergament schon unterfertigt. Fahret dereinst hinauf in euren faden Himmel, ihr Blödiane!"

Nach diesen Worten durchzuckt ein unfassbar heller Doppelblitz die Hüttenbar. Sekunden später ist nicht nur Ferry verschwunden, sondern auch Lucy, die Barfrau. Nur beißender Schwefelgeruch bleibt zurück.

Als wir den karierten Vorhang des Hüttenbarfensters beiseiteschieben, sehen wir zwei schwarze Pudel, die in den sich allmählich verdunkelnden Winterabend laufen.

„Wir sollten in unserem Alter keine Martini-Cocktails mehr zu uns nehmen!", sagt der eine von uns.

„Ach was!", erwidert der andere. „Man kann nicht auf jede kleine Sünde verzichten. Und – nebenbei bemerkt: Meiner war teuflisch gut gerührt!"

Die unbefleckte Empfängnis – ein Dogma

And she just patiently smiled and bore them a child.
To be their spirit and guiding light.

Und sie lächelte geduldig und gebar ihnen ein Kind,
das ihr Heiland und Leitlicht werde sollte.

Monster
STEPPENWOLF

Maryam sagte: „Wie soll mir ein Sohn gegeben werden, wo mich doch kein menschliches Wesen berührt hat und ich keine Hure bin?“

Koran, 19. Sure

Wir haben schon in unserem Adventkalender dem katholischen *Hochfest der ohne Erbsünde empfangenen Jungfrau und Gottesmutter Maria* am 8. Dezember eine kurze Betrachtung gewidmet. Im Folgenden wollen wir uns dieser komplexen Thematik noch etwas ausführlicher widmen.

Wir erinnern uns: Maria wurde nicht „aus einer Jungfrau geboren“. Trotzdem gilt sie als von ihrer Mutter „unbefleckt empfangen“. Das heißt, sie ist gemäß katholischer Lehre nach Adam und Eva weltweit der erste Mensch, der ohne Erbsünde geboren wurde!

Das ist schon ziemlich beachtlich.

Selbst alttestamentarische Glaubensgrößen wie etwa die Stammväter Abraham und Noah oder die großen Propheten Daniel, Ezechiel, Jeremia oder Jesaja, ja sogar Moses, der von Gott auserkoren ward, die Zehn Gebote zu verkünden, sie alle waren *nicht* von der Erbsünde befreit. Und das hatte selbstverständlich Folgen: Keiner dieser großen Propheten und Patriarchen konnte ins Himmelreich eingehen. Ihre Seelen wurden gemeinsam mit denen gottesfürchtiger Frauen wie Ruth, Königin Esther oder der Prophetin Hulda im allerdings männlich definierten „Limbus patrum" untergebracht, also in der „Vorhölle für die Frommen aus vorchristlicher Zeit", wie die recht freie, uncharmante, aber wenigstens geschlechtsneutrale Übersetzung ins Deutsche dazu lautet.

Für die betroffenen Seelen war das – flapsig formuliert – zwar nicht die Hölle, aber doch eine gottesferne Unterbringung auf unbestimmte Zeit.

Leicht- und Irrgläubige mögen einwenden:

War das nicht ein bisschen hart? Die Leute haben doch ein redliches, frommes Leben geführt! Einige von ihnen standen sogar in direktem Austausch mit dem Weltenlenker. Und dann lässt man sie irgendwo unten in diesem komischen Limbus gewissermaßen „dunsten"?!

Gemach, liebe Gutmenschinnen und Gutmenschen! Jetzt wollen wir da bitte keine überzogene Rührseligkeit aufkommen lassen, ja? Kein Mensch hat den Adam und die Eva dazu gezwungen, vom Baum der Erkenntnis zu naschen. Also müssen ihre Kinder und Kindeskinder halt auch in den sauren Apfel beißen und sich ein bisserl in Geduld üben. Denn was liegt, das pickt! So steht es schon im Alten Testament. So oder so ähnlich jedenfalls.

Niemand kann am Erlösungswerk teilhaben, solange sie oder er nicht von der Erbsünde befreit ist. Und wie wird man von diesem Makel reingewaschen? Richtig! Durch die christlichen Taufe.

Alles klar?

Eben.

Die vorchristlichen Frommen waren nicht getauft, daher schickte man sie erst ein Weilchen in den Limbus. Zugegeben, der kommt in der Bibel nicht vor, aber das tut das Fegefeuer ja auch nicht. Gleiches Recht für alle. Was für das Fegefeuer gilt, das soll man der Vorhölle nicht verwehren!

Außerdem: Wo stünde die Kirche heute, wenn sie nur dem gefolgt wäre, was in der Bibel steht? Wahrscheinlich wäre sie eine kleine Sekte mitten im Mittleren Osten.

Und – Hand aufs Herz: Wir gehen doch alle lieber in die Peterskirche, in den Stephansdom, oder in die St.-Pauls-Kathedrale, um zu beten oder um uns zu erbauen. Lieber jedenfalls als in einen Ochsen- und Eselstall! Womöglich umgeben von ortsansässigen Hirten, die mit ihren böckelnden Hammeln antanzen, die einem schon rein olfaktorisch jede Konzentration auf den Engelsgesang nehmen. Und zu allem Überfluss kommen womöglich noch drei Migranten aus dem Morgenland, die ein Schlepper-Komet herbeigelotst hat.

Nein, der Mensch hat einen freien Willen. Er muss sich nicht sklavisch an Buchstaben halten. Und er hat die Fähigkeit, seine theologische Fantasie einzusetzen, wenn das Buch der Bücher einmal keine passende Antwort auf eine wesentliche Frage parat hat.

Und damit kommen wir wieder zum Kern unserer Geschichte:

Es gibt leider für die Taufe der Gottesmutter Maria keinen Beleg in den Evangelien. Da ihr als Gottesgebärerin aber eine essenzielle Rolle im Erlösungsvorgang zukommt, musste man sich erbsündemäßig etwas Gescheites einfallen lassen. Klar –, Theologen von eher schlichtem Gemüt werden gesagt haben: Aber was, geben wir ihre Seele auch in die Vorhölle zu den anderen vorchristlichen Frommen –, am Jüngsten Tag kommt sie ja dann eh wieder raus. Aber das wäre geradezu ein Frevel und außerdem werbeökonomisch gesehen völlig kontraproduktiv gewesen, denn: Denken Sie an Lourdes! Denken Sie an Fatima! Denken Sie an Medjugorje! Nicht einmal Maria Gugging tät's geben – eine Tragödie.

Aber gottlob – es kam alles anders.

Ganze Generationen von Theologen haben sich halbe Ewigkeiten lang ihr Hirn zermartert, um herauszufinden, auf welche andere Weise die ungetaufte Gottesmutter ihre Erbsünde denn hätte loswerden können. Das angeblich so dunkle Mittelalter wurde von zahllosen Geistesblitzen durchzuckt und damit strahlend erhellt.

Und schlussendlich sind zwei Denkschulen herausgekommen:

Die erste ging von einer späteren „Reinigung von der Erbsünde“ oder „Heiligung“ aus – lateinisch *Sanctificatio Mariae*. Diese These wurde von den Angehörigen des Dominikanerordens jahrhundertelang vertreten. Darunter waren so bedeutende Kirchenlehrer wie Albertus Magnus und sein noch viel berühmterer Schüler Thomas von Aquin. Die Dominikaner, die den Spitznamen „Domini canes“, also „Hunde des Herrn“ trugen, waren einflussreich und mächtig. Man kann also davon ausgehen, dass in den meisten klösterlichen Wettbüros des Spätmittelalters und der frühen Neuzeit der *Sanctificatio*-These eine haushohe Favoritenrolle eingeräumt wurde.

Denn für den Gegenentwurf hatte sich vor allem ein Bettelorden stark gemacht: die Franziskaner. Sie vertraten die zweite These. Jene von der *Immaculata Conceptio* – von der „Unbefleckten Empfängnis“.

Die Franziskaner waren nicht reich, aber sie waren zäh und fanatisch, wie Bettelorden eben halt so sind.

Und am Ende setzten sie sich durch.

Denn am 8. Dezember 1854 verkündet Papst Pius IX. *ex cathedra*, also vom Lehrstuhl des römischen Bischofssitzes aus, folgende Glaubenswahrheit:

> *„Dass die seligste Jungfrau (…) von jedem Fehl der Erbsünde rein bewahrt blieb, ist von Gott geoffenbart und deshalb von allen Gläubigen fest und standhaft zu glauben.“*

Am 18. Juli 1870 beschlossen unter der Leitung desselben Papstes die Teilnehmer am Ersten Vatikanischen Konzil dann Folgendes:

> *„Wenn der Papst in höchster Lehrgewalt, also ex cathedra, spricht, (…) so besitzt er aufgrund des göttlichen Beistandes (…) Unfehlbarkeit in Glaubens- und Sittenlehren.“*

Damit war das Dogma von der *Immaculata Conceptio* nach Auffassung vieler Theologen das bis zu diesem Zeitpunkt einzige, das ein Papst im Zustand gottgewollter Unfehlbarkeit verkündet hatte. Doch ziemlich genau hundert Jahre nach diesem ersten kam noch ein zweites Dogma dazu:

> *„Wir verkünden, erklären und definieren es als ein von Gott geoffenbartes Dogma, dass die Unbefleckte, allzeit jungfräuliche Gottesmutter Maria nach Ablauf ihres irdischen Lebens mit Leib und Seele in die himmlische Herrlichkeit aufgenommen wurde."*

So sprach Papst Pius XII am 1. November 1950.

Multireligiös interessierte Menschen wie wir tendieren dazu, daraus Parallelen abzuleiten.

„Interessant!", sagt der eine von uns. „Der Mohammed ist doch auch in den Himmel aufgefahren!"

„Genau!", meint der andere. „Und beide haben doch mit dem Erzengel Gabriel zu tun gehabt: Maria erhielt von ihm die Gottesmutter-Verkündigung und Mohammed hat Gabriel als Sprachrohr Allahs den Koran diktiert!"

„Diesen Zusammenhang müssen wir recherchieren!", sagen wir beide wie aus einem Munde.

Das taten wir dann auch.

Das Resultat unserer Nachforschungen ist schnell erzählt: Mohammed wurde im Gegensatz zu Maria *nicht* nach seinem Tode *leiblich* in den Himmel aufgenommen. Seine sterblichen Überreste liegen begraben in Medina.

Er hat aber zu Lebzeiten mehrere Reisen in den Himmel unternommen. Eine über eine Leiter, eine andere mit dem flugfähigen Pferd „Buraq". Dabei soll ihm Erzengel Gabriel durchaus behilflich gewesen sein. Und Mohammed soll laut muslimischer Überlieferung anlässlich dieser Ausflüge ins Himmelreich auch mit alttestamentarischen Propheten interessante bilaterale Gespräche geführt haben.

Laut Koran waren die „vorchristlichen Frommen" also *nicht* im Limbus untergebracht.

„Zu Mohammeds Zeiten waren die auch nicht mehr dort!", erklärt uns dazu gerade eine Dame, die Unterschriften für das hundertprozentige Dichtmachen der EU-Grenzen gegen alles sammelt, was nicht aus der USA kommt.

Die Dame stammt aus Polen, ist nach eigener Aussage Erzkatholikin und hat angeblich einen Bachelor in Theologie. Und sie hat uns über die Schulter auf unseren Computermonitor geschaut.

„Der Limbus patrum ist leer!", erklärt sie mit jener hellen Überzeugungskraft, wie sie seit Langem nur mehr polnische Katholiken zu vermitteln imstande sind.

„Denn der Herr Jesus", fährt sie fort, „ist nach seinem Kreuzestod hinabgestiegen in die Vorhölle und hat alle dort aufhältigen Seelen vom Joch der Erbsünde befreit! Darauf konnten sie jubelnd in den Himmel einziehen!"

Na bitte.

Ende gut – alles gut!

Wie das Adventsingen den alten Nazi katholisch gemacht hat

Eine besinnliche Nachkriegsweihnachtsgeschichte

„Wir haben eine Einladung gekriegt (...), für eine Reise nach Bulgarien, um Brauchtum und Volksmusik den anderen Ländern auch zu vermitteln. (...) Selten sahen wir das Bild ihres geliebten Königs (...), wo nicht das Bild unseres Führers nebenbei angebracht war!"

Tobi REISER
Gaubeauftragter für Volksmusik (ab 1943) und Gründer des Salzburger Adventsingens (ab 1946)
1907–1974

„Eine halbe Wahrheit ist nie die Hälfte einer ganzen."

Karl Heinrich WAGGERL
NSDAP-Mitglied und österreichischer Heimatdichter
1897–1973

Gepeitscht vom wilden Sturm des Spätherbstes stob der Schnee in wasserträchtigen Flocken über die Wälder, Wiesen und Felder. Und er stob auch über die feinen alten Ortschaften im salzburgischen Pongau. Auch durch das malerische Dörfchen St. Viligran, das sich schüchtern an das mächtige Felsmassiv des Großen Pötzelsteins schmiegt. Dort versteht man es seit urgermanischen Tagen, aus dem Fett der beim edlen Weidwerk erlegten Murmeltiere unter Beimengung streng geheim gehaltener Bergkräuter eine herrliche Salbe zu fertigen. Diese „St. Viligraner Schmier", wie sie von den Einheimischen liebevoll genannt wird, wirkt Wunder gegen Pusteln und den bösen Blick. Aber sie hilft auch, richtig angewandt, die Manneskraft zu stärken und den Radiosenderempfang zu verbessern.

Aber – um den Faden nicht zu verlieren! – draußen stob also der Schnee. Und drinnen, im Pferdestall des emsigen Pfarrers, Konsistorialrat Bartholomäus Hinterwalder, schnob Jakob, der vierschrötige und doch so gutmütige Noriker-Wallach. Dieses mächtige Ross, das schon seit gut fünfzehn Jahren Hochwürden als Zugtier für den Leiterwagen und gelegentlich auch als imposantes Reittier diente, dieses Ross schnob.

„Warum?", mag sich mancher ängstliche Stadtfrack fragen.

Nun ja – es schnob aus Freude! Denn Kreszentia, das junge fesche Dirndl, eine von den blitzsauberen Mägden, die auf dem Blunzenhubener-Erbhof in Beschäftigung standen, brachte ihm in diesen kargen Nachkriegszeiten einen Schippen Hafer. Und von diesem verspeiste der kastrierte Hengst mit großer Lust sogleich eine Riesenportion.

„Um Gottes willen, Zenzi!", rief Pfarrer Hinterwalder, als er in den Pferdestall trat und sah, was sich hier zu geschehen in Gang setzte. Mit einer blitzartigen Bewegung, die man dem wohlbeleibten Gottesmann kaum zugetraut hätte, riss er Kreszentia den Haferschippen aus der jungfräulichen Hand.

„Du musst doch den Hafer mit dem Heu mischen!", fuhr der Pfarrer das Dirndl an. Und als er merkte, dass er mit seinem ungewohnt harschen Tonfall das arme Mädchen fast zu Tode erschreckt hatte, fügte er begütigend hinzu: „Wenn der Jakob nur den lauteren Hafer kriegt, dann wird er ganz wurlert!"

„Aber wo er ihn doch so gernhaben tut, den Hafer!", erwiderte Kreszentia schniefend und wischte sich verstohlen mit ihrem fein bestickten Taschentüchlein eine Träne aus dem Äugelein.

„Ja! Gern haben wir Gottesgeschöpfe bald was, das uns am End' gar nicht so gut bekommen tut!", meinte Pfarrer Hinterwalder und fügte nach einem tiefen Seufzer hinzu: „Ich tät bei der Messfeier auch lieber den ledigen Wein trinken, als dieses lauwarme Wein-Wasser-Gemisch, dass mir der Ministrantenbub vor der Heiligen Wandlung in den Kelch schüttet. Aber: Es wäre nicht gut für mich! Denn wenn man Tag für Tag nur den ledigen Wein trinkt, dann ist man auf ja und nein schon bald ein rechter Depp! Weil ich grad gesagt hab Depp: Hat denn deinem Brotherrn, dem alten Blunzenhuber Sepp, die amerikanische Kriegsgefangenschaft net a bisserl gutgetan? Ich habe gehört, er soll auch jetzt noch, nach seiner Rückkehr aus Texas, der alte verstockte Nazi geblieben sein, der er immer war."

„Ja, es ist ein Kreuz mit meinem Arbeit- und Brotgeber, dem Erbhofbauern!", erwiderte daraufhin Kreszentia bekümmert. „Dabei ist er ja eigentlich eine Seele von einem Menschen. Er hat nie einer Fliege etwas zuleid getan! Er soll nicht einmal einen Juden gehaut haben. Aber er ist halt leider furchtbar verstockt."

„Das kannst du laut sagen, Kreszentia! Verstockt ist ein Hilfsausdruck! Man hat mir zugetragen, er soll vorgestern im Erbwirtshaus zum Roten Stier *Es zittern die morschen Knochen* gesungen haben. Und sich dabei auch noch auf seiner Knöpferlharmonika begleitet haben!"

Der Konsistorialrat war durch die eigenen Worte offensichtlich so aufgeregt, dass er nun noch lauter schnob, als vorhin sein getreuer Wallach.

„Ja, das muss ihm der Neid lassen!", meinte Kreszentia mit einem versonnenen Lächeln, „Der Blunzenhuber-Erbhofbauer ist auf der Knöpferlharmonika ein Papagalli!".

„Ein Paganini!", verbesserte der Pfarrer automatisch und fügte hinzu: „Das wär' er aber auch nur dann, wenn er statt der Harmonika die Geigen spielen tät'!"

Gleich darauf fiel der Seelenhirte wieder in helle Aufregung:

„Stell dir vor, den hätt' einer gehört – mit diesem NAZI-Lied! Einer von den amerikanischen Besatzungssoldaten, von diesen jüdischen Negerbuam! Hätt's doch gleich wieder g'heißen: Sind lauter Nazis, die Salzburger! Dabei haben wir jahrelang Widerstand geleistet gegen die deutschen Gfrasta. In geheimen Partisanenküchen sind steinharte Salzburger Nockerln zubereitet worden, dass sie sich die Zähne ausbeißen, die bajuwarischen Falotten. Aber es hat nix geholfen. Die Preußen fressen ja bekanntlich jeden Dreck. Sei's drum, Schwamm drüber! Dein Brotgeber, Zenzi, der muss aber aufhören! Der muss aufhören mit dem Blödsinn. Der Nazi-Zirkus ist vorbei. Schluss aus, Ende. Bald sind wir frei, wenn wir uns halbwegs gescheit anstellen. Also sag deinem Blunzenhuber-Bauern, er soll nicht so deppert sein!"

Pfarrer Hinterwalder hatte sich so in Rage geredet, dass er trotz der adventlich niedrigen Temperaturen ins Schwitzen gekommen war. Umständlich kramte er aus seiner Soutane ein kariertes Taschentuch heraus, das auch als Tischtuch auf einem mittelgroßen Kaffeehaustisch seinen Dienst hätte erbringen können. Damit wischte sich der hochwürdige Herr den Schweiß von Stirne und Antlitz und setzte sich darauf schweratmend auf einen Melkerschemel. Der stand gottlob da, obwohl ein solches Utensil strenggenommen ja gar nicht in einen Pferdestall gehört.

„Die Frau Erbhofbäuerin redet ihm ja eh immer sehr innig zu, dem Herrn Erbhofbauern", ließ sich nun neuerlich Kreszentia vernehmen. „Das letzte Mal hat sie g'sagt: ‚Schau Sepp, sogar dein oberster Chefgeneral, der Feldmarschall Rommel, sogar der Herr Rommel hätt am Schluss den Hitler absetzen wollen, weil er verrückt geworden ist, der Hitler. Ja, was war das denn bitte auch für ein Führer, der was nicht einmal einen Schweinsbraten gegessen hat? Geschweige denn ein Lüngerl oder ein Rahmherz? Vor lauter Grünzeug soll er am Schluss im Bunker einen ganz schlechten Mundgeruch gehabt haben, das hat sogar der Luis Trenker im Radio gesagt.' Und dann hat sie schluchzend hinzugefügt, die Bäuerin: ‚Dein Idol, Sepp, der Rommel, mit dem du im Afrika-Chor gesungen hast, selbst der hätte ihn absetzen wollen, den Narrischen!'"

„Sehr schön!", erwiderte darauf der Herr Konsistorialat und nickte wohlgefällig. „Und was hat er dann drauf g'sagt, der Sepp, der Depp?"

Kreszentia antwortete, und ihre Stimme war dabei vor Kümmernis fast ein wenig heiser:

„‚Das ist mir wurscht!', hat er daraufhin g'sagt, der Herr Erbhofbauer. Und dann hat er weitergeredet und gemeint: ‚Meine

Ehre heißt Treue, ich war immer ein Nazi und ich bleib immer einer, so wahr mir Gott helfe! Für mich', hat er gsagt, ‚für mich ist das Wort des Führers Gesetz. Und ich werde mich an alle seine Gesetze halten.' Ja, so hat er sich ausgedrückt, mein Herr Arbeit- und Brotgeber, der Blunzenhuber, gegenüber seinem angetrauten Eheweib!"

Die blitzsaubere Magd schwieg und blickte zu ihrem Seelsorger. Der machte eine wegwerfende Handbewegung und meinte dann:

„Ottl bleibt Trottel und Sepp bleibt Depp! Dafür hat euch Weiberleut' der Herrgott erschaffen aus der Rippe des Adam. Damit ihr die Wurschteln wieder zurückführen tut's auf den rechten Weg des Glaubens."

„Ja, mein Gott!", erwiderte Kreszentia und sah ihn ratlos an. „Aber wenn einer so ist wie der Erbhofbauer – da kann man dann halt nix mehr dagegen machen".

„Ah so?", meinte nun Pfarrer Hinterwalder mit deutlich ruhigerer Stimme. Und eine sanfte Heiterkeit schien sein vorher angespanntes Antlitz plötzlich zu übersonnen. „Der Blunzenhuber hält sich also an *jedes* Gesetz vom Hitler? Der Hitler hat doch auch die Kirchensteuer eingeführt. Und die gibt's immer noch! Aber dein sauberer Arbeit- und Brotgeber hat zuerst keinen Pfennig und jetzt auch noch keinen Groschen an die heilige Ecclesia abgeliefert, der Heide, der damische und germanische!"

„Ja mei!", sagte daraufhin das Dirndl und seufzte. „Er ist ja auch kein Mitglied bei uns in der heiligen katholischen Kirche, net? Ich glaube, der glaubt nicht einmal an die Gemeinschaft der Heiligen und den Ablass der Sünden!"

„Sollte er aber schleunigst tun!", meinte daraufhin der Seelsorger. Und er fügte mit weiser Strenge hinzu: „Zehntausende von seinen Gesinnungsgenossen kehren grade wieder zurück unter den Schutzmantel der heiligen Mutter Kirche! Und wir begrüßen sie freundlich – so wie es das Gleichnis vom verlorenen Sohne aus dem Lukas-Evangelium vorschreibt!"

„Sehr gut! Endlich gibt's wieder einmal eine Kalbsstelzen! Nach all den Jahren der Not!!", frohlockte Kreszentia und erwies sich damit als erstaunlich bibelfest.

„Nein, das *gemästete Kalb* gibt's natürlich nicht!" Pfarrer Hinterwalder wirkte nun doch ein wenig indigniert. „Diese Treue zum Lukas-Evangelium können wir in diesen kargen Zeiten natürlich nicht hundertprozentig herstellen. Aber es gibt Sauhaxeln mit Kren und Erdäpfeln!"

„Mhmm!" Der Magd schien in Vorfreude auf das Festmahl bereits jetzt das Wasser im Munde zusammenzulaufen. „Man kriegt ja sogar die Sauhaxeln nur auf Fleischmarken! Ich glaub aber nicht", meinte sie bekümmert, „ich glaub nicht, dass der Erbhofbauer wegen die Sauhaxeln wieder katholisch wird!"

„Er soll's auch nicht wegen die Sauhaxeln!" Der Pfarrer ward nun doch wieder etwas unleidlich. „Er soll's für sein Seelenheil tun!"

In diesem Augenblick fegte eine eiskalte Sturmböe in den Pferdestall ...

„Heilige Maria Mutter Gottes, bitte für uns Sünder!", flehte Kreszentia. Denn sie vermeinte in dem Schneeflockenschwall, den der Eiswind vor sich herblies, den gehörnten Gottseibeiuns zu erkennen. Es war aber nur der Briefträger Sebastian Sengsbratl.

„Gott zum Gruße!", rief Sengsbratl mit der Heiterkeit eines Operettenpostillions und meinte ausgelassen: „Herr Konsistorialrat werden eine Riesenfreude haben – ich habe eine Einladung für eine wahrhaft christkatholische Feierlichkeit für Sie mit dabei!"

„Aber halt doch die Pappen!", meinte daraufhin der Pfarrer. „Red nicht so g'schwollen. Ich weiß ganz genau, dass du ein Sozi bist!"

„Huch!", sagte daraufhin der Briefträger mit gespielter Überraschung. „Und wodurch haben Eure Eminenz mich ideologisch durchschaut?"

„Wer nichts ist und wer nichts kann", erwiderte Hochwürden Hinterwalder knochentrocken, „der geht zu Post und Bundesbahn! Und jetzt gib's her, das Papierl!"

„Bitte sehr, bitte gleich!", entgegnete Briefträger Sengsbratl und übergab mit höfisch anmutender Feierlichkeit dem Pfarrer das Einladungsschreiben. Dann empfahl sich der sozialdemokratische Postillion und eilte davon.

Der Konsistorialrat forderte Kreszentia auf, ihm in den Pfarrhof zu folgen. Daselbst schritt er schnurstracks ins Pfarrbüro, wo auf seinem Schreibtisch ein geweihter Brieföffner mit Jadeknauf ruhte. Vor den Augen des einfachen Mädchens ergriff der Pfarrer nun denselben und öffnete mit einem kurzen Schnitt das Einladungskuvert.

„Da schau her!“, sagte er und fuhr fort: „Ein Adventsingen in unserer erzbischöflichen Residenz- und Mozartstadt!“

Er überflog zügig den weiteren Inhalt des Schreibens. Dann schien ein freudiger Gedankenblitz die dunkle Trübe dieses winterlich anmutenden Spätherbsttages für ihn schlagartig aufzuhellen.

„Das ist die Lösung!“, rief er begeistert.

„Was denn?“, fragte Kreszentia.

„Da schau her!“, antwortete Pfarrer Hinterwalder. „Du bringst diese Einladung zum Adventsingen in unserer Landeshauptstadt Salzburg deinem Brotgeber.“

„Gerne mach ich das!“, erwiderte das Dirndl. Doch das Zittern in ihrem Stimmchen verriet Unsicherheit. „Aber der Herr Erbhofbauer Blunzenhuber wird dort nicht hingehen. Sicher nicht!“

„Er wird!“, entgegnete der Herr Konsistorialrat. „Du musst ihm nur sagen, er soll sich das sehr genau durchlesen: Nämlich *welcher Musikant* dort das Adventsingen leitet und *welcher gottbegnadete Dichter* dort die von ihm selbst verfassten weihnachtlichen Geschichten verlesen wird. Dann wird er sicher kommen.“

Pfarrer Bartholomäus Hinderwalder sagte das im Brustton jener Überzeugung, die nur den Klerikern zu eigen ist, die dem einzig wahren Glauben dienen.

Die weihevolle Würde des Augenblicks schien auch dem einfachen Dirndl bewusst zu sein. Denn als ihr der Gottesmann das Einladungsschreiben in die Hand gedrückt hatte, machte sie aus Dankbarkeit einen Knicks.

„Ah ja und noch was!“, fuhr der Seelsorger fort. „Sag dem Sturschädel auch, dass ich es bin, der ihm diese Einladung zukommen lässt. Ich, der Konsistorialrat, der hochwürdige Herr Pfarrer, der durchaus bereit ist, seine Beichte anzuhören, seine Reue anzuerkennen und ihm unter der Voraussetzung der Ableistung einer angemessenen Buße auch die Absolution zu erteilen. Gehe hinaus, Zenzi, und künde dies dem Blunzenhuber!"

Am darauffolgenden Sonntag, der bereits der dritte Adventsonntag war, fand sich tatsächlich auch Sepp Blunzenhuber, der größte Grundbesitzer der Gegend und jahrelanger Ortsbauernführer nach langer Zeit zum ersten Mal wieder in der der heiligen Helena gewidmeten Bauernbarockkirche von St. Viligran ein. Er kam sogar eine gute halbe Stunde vor Beginn des Amtes und stellte sich vor den Beichtstuhl. Schon wenige Augenblicke später kniete er in diesem, da er an jenem Sonntag offenbar der einzige Beichtwillige war.

Der Konsistorialrat lieh ihm sein Ohr und wollte wissen, was er zu sagen habe.

„Zuerst einmal möchte ich mich bedanken!", hob der Blunzenhuber an. Seine Art zu sprechen erinnerte ein wenig daran, dass er seine Rhetorikausbildung im Dritten Reich absolviert hatte. „Herr Konsistorialrat, Sie haben mir mit dieser Einladung zum Adventsingen eine Riesenfreude gemacht. Schließlich wurde es vom Parteigenossen Tobi Reiser organisiert, der schon 1939 erfolgreich ein Trachten-Trageverbot für Juden durchsetzen konnte. Und der als Gaubeauftragter für Volksmusik manch' Weihelied auf den unvergesslichen Führer und Reichskanzler zu intonieren wusste. Darüber hinaus durfte ich bei dieser Adventfeier den dichterfürstlichen Ergüssen des Parteigenossen Karl Heinrich Waggerl lauschen, der am Führer schon dessen ‚befreiende Kraft einer wahrhaft großen Menschlichkeit' zu rühmen wusste. Als ich seine Erzählung ‚Worüber das Christkind lächeln musste' gehört hatte, war mir klar, dass ich wie auch meine beiden Parteigenossen in der heiligen Ecclesia eine neue geistige Heimat finden kann!"

„Schön!", erwiderte Pfarrer Bartholomäus Hinterwalder mit Stentorstimme und fügte leicht ironisch hinzu: „Doch nicht so schnell mit den jungen Walachen! Erst musst du beichten, Reue erwecken, einen ernstlichen Vorsatz machen und Buße tun, ehe wir dich von deinen Sünden reinigen können!"

„Ach was, Sünden!", meinte daraufhin der Erbhofbauer. „Im Grunde bin ich eigentlich eine Seele von einem Menschen. Ich habe nie einer Fliege etwas zu leid getan. Ich habe, soweit mir erinnerlich, nicht einmal einen Juden geschlagen."

„Es geht hier auch nicht um lässliche Sünden!" Der Tonfall des Konsistorialrates spiegelte seinen wachsenden Unmut wieder. „Es geht um ein Kapitalverbrechen!"

„Sicher!", meinte Blunzenhuber nun doch etwas verunsichert. „Im Rahmen des Afrika-Feldzugs kam es hin und wieder zu unschönen Szenen. Aber nicht zu vergleichen mit dem, was in Russland angestellt wurde ..."

„Papperlapapp!", unterbrach ihn der Seelsorger. „Die Kriegsverbrechen der Wehrmacht stehen sowieso frühestens in vierzig Jahren zur Debatte – dann tut uns beiden kein Bein mehr weh! Was aber heute zur Debatte steht, ist das Kapitalverbrechen, das du an der heiligen Mutter Kirche begangen hast. Du hast noch nie Kirchensteuer bezahlt!"

Jetzt wurde der Erbhofbauer schlagartig kleinlaut.

Sofort am nächsten Tag – am Montag also – werde er zur Bezirkshauptmannschaft eilen und sich als Mitglied der Ecclesia Catholica Romana wieder einschreiben lassen, versicherte er. Und was die Jahre beträfe, in denen er nicht einbezahlt habe, so werde er als Sühne dafür eine Glocke für die Ortskirche stiften. Zumal dieselbe ja derzeit ohne Geläute auskommen müsse, da der Krieg das Einschmelzen der alten, örtlichen Klein-Pummerin erforderlich gemacht habe.

„Ego te absolvo!", sagte mit zufriedener Miene daraufhin Pfarrer Hinterwalder und deutete auf die Krippe.

„Siehst du? Jetzt lächelt das Jesuskind!"

Charity am Punsch- und Glühweinstand

Nicht die Vollkommenen, sondern die
Unvollkommenen brauchen unsere Liebe.

Oscar WILDE
Irischer Dramatiker und Schriftsteller
1854–1900

Die Großen schaffen das Große, die Guten das Dauernde!

Marie von EBNER-ESCHENBACH
Mährisch-Österreichische Schriftstellerin
1830–1916

Alljährlich, wenn der Advent anfängt, sind sie da. Auf dem Hauptplatz von St. Donat an der Nordostbahn, gleich hinter der Pestsäule stehen sie. Schmucke Hütten, die allesamt ein wenig an das Hexenhäuschen aus „Hänsel und Gretel" erinnern. Doch statt aus Lebkuchen sind sie aus Holz gefertigt und mit Tannenreisig geschmackssicher geschmückt. Es handelt sich um Punsch- und Glühweinstände und es sind ihrer vier an der Zahl. Zwei davon werden von Profis betrieben, der eine vom „Gasthaus zum lustigen Eisenbahner" in der Bahnstraße, der zweite vom Hauptplatzrestaurant „Zur tausendjährigen Linde".

Die beiden anderen werden sozusagen „ehrenamtlich" geführt – Mitglieder des örtlichen Lion-Clubs bieten *Paulis-Prima-Punsch* feil, während man bei den wertkonservativen Rotariern einen exzellenten Riesling-Glühwein aus einer Kamptaler Spitzenlage kredenzt.

Jeden Tag im Advent werden die Stände Schlag vier Uhr Nachmittag geöffnet, ein Vorgang, der von einer immer gleichen, vorwiegend männlichen Klientel bereits sehnsüchtig erwartet wird.

Wir haben es ja schon im ersten Teil „Unser Adventkalender" erwähnt: Der Brauch des adventlichen Punsch- und/oder Glühweintrinkens scheint ein relativ junger zu sein. Und – wie alle neu entwickelten Bräuche in einem stockkonservativen Land wie Österreich – so erfährt auch dieser immer wieder heftige Ablehnung, zuvorderst von wertkonservativ empfindenden Teilen der Bevölkerung.

Auch hier, in St. Donat, und speziell an diesem ersten Adventdonnerstag.

„Eine Unverschämtheit ist das!", sagt Frau Fachlehrerin Pollack-Pollaschek sehr laut zu ihrer Kollegin, Frau Magistra Fuchs-Hase. „Der Advent ist doch die Zeit der Besinnung!"

Die beiden Damen unterrichten an der örtlichen Neuen Mittelschule, die eine, Frau Pollack-Pollaschek, Deutsch und Leibesübungen, die andere, Frau Fuchs-Hase, Geschichte und Geografie. Eigentlich wollten die Damen ja den Hauptplatz in Richtung *Libro*-Filiale queren, um für den jeweiligen Ehegatten ein Weihnachtsgeschenk in Form eines indizierten Ego-Shooter-Spieles zu kaufen.

„Man muss den Deppen die Möglichkeit geben, sich irgendwo abzureagieren!", hatte Frau Pollack-Pollaschek zu ihrer Kollegin und Freundin gesagt.

„Genau!", hatte diese erwidert. „Sonst kommen sie sowieso nur auf depperte Gedanken!"

Das Einkaufsziel der Pädagoginnen scheint allerdings gerade schlagartig in den Hintergrund zu treten. Denn nun bleiben sie vor dem kleinen Hüttendorf stehen.

„Zeit der Besinnung, genau!", meint Frau Fuchs-Hase. Dann fügt sie laut und jedes Wort betonend hinzu: „Und nicht die Zeit des Saufens bis zur Besinnungslosigkeit!"

„Was mir hier machen tun, ist gottgefällig!", entgegnet darauf der Pichlhuber Toni, ein vierschrötiger Mann in den besten

Jahren. Er nimmt einen kräftigen Schluck von seinem Rotary-Club-Glühwein und meint:

„Das Jesuskindlein tut ein jedes Mal lächeln, wenn mir sich uns ein Schluckerl hineinstoßen tun!"

Der lallende Ton, in dem Toni dies vorträgt, legt beredtes Zeugnis davon ab, dass er für seine Punschstandpräsenz bereits den ganzen Tag über ausgiebig vorgeglüht hat.

„Reden Sie nicht so einen hirnverbrannten Schmarren!"

Frau Magistra Fuchs-Hase wirkt unduldsam. Und ihre nicht minder angriffslustige Kollegin, die als erste Sopranistin des örtlichen Kirchenchores wirkt und von heimlichen Verehrern respektvoll als *St. Donater Netrebko* bezeichnet wird, fügt hinzu:

„Unser Herrgott verabscheut das Saufen. Unmäßigkeit ist eine Todsünde!"

„Ein Schluckerl in Ehren kann niemand verwehren!", lässt sich nun ein mächtiger Bass vom Punschstand des Lions-Clubs vernehmen. Diese tiefe Stimme gehört dem Blemenschütz Ferdl. Er wurde erst vor wenigen Tagen aus einer Trinkerheilanstalt entlassen und feiert gerade diesen seinen Therapieerfolg. Nach einem neuerlichen Kraftschluck von *Paulis Prima Punsch mit den rein natürlichen Zutaten*, hat er eine Eingebung, die er auch sofort öffentlich macht:

„Und außerdem, bitte: Wenn er was gegen den Alk gehabt hätte, der Herrgott – bitte, hätte er dann seinen Buben, der was der Herr Jesus ist, erlaubt, dass der Herr Jesus Wasser in Wein verwandeln tut, bitte? Beim Wunder von Kanada?"

„Seine*m* Buben und nicht seine*n* Buben und Kana*an* und nicht Kana*da*!", korrigiert ihn spontan der junge Finn Brennenstuhl und sieht dabei Frau Fachlehrer Pollack-Pollaschek an. Finn ist der jüngste Sohn des Eisenbahnerwirtes aus der Bahnstraße. Und er war jahrelang Schüler von Frau Pollack-Pollaschek, damals aber noch in der Hauptschule. Finn galt schon damals den ungehobelten Proleten- und Bauernbuben als unerträglicher Streber, der noch dazu von einer pubertären Verehrung für seine Deutschlehrerin gepeinigt wurde.

„*Kana da* is natirlich a Bledsinn, weil bei uns ist ja net kana da, sondern mir san ja eh alle da!", meint darauf Ferdl Blemenschütz und prostet der Fachlehrerin quasi entschuldigend zu.

„Aber mir sind net zun Vergnügen da!", ergänzt der Wipfinger Wäudl. Walter, genannt „Wäudl", ist ein Zugereister, der in seinen Glanztagen in einschlägigen Kreisen des Wiener Rotlichtmilieus als „der G'schwinde" bekannt war.

„Jawoll!", ergänzt Kevin Kernsteidl, Türsteher in dem nicht nur bei osteuropäischen Fernfahrern höchst beliebten örtlichen Entspannungslokal mit dem schönen Namen „Rio Dio".

„Jawoll! Mir trinken für eine gute Sache!! Prost und ex!"

Kevin lässt diesen Worten die entsprechende Tat folgen.

Kevin, Finn, Wäudl, Ferdl und alle die anderen Herren an allen vier Punsch- und Glühweinständen folgen mannhaft seinem Beispiel.

„Ach ja. Und welche gute Sache soll das sein?" Die Stimme von Frau Magistra Fuchs-Hase trieft vor Ironie.

„Mir trinken für den Weltfrieden!", erklärt der Binder Vickerl, ein zweiundfünfzigjähriger pensionierter Schaffner.

„Aber nein!", widerspricht nun Kommerzialrat Watzinger. Als höchstdekorierter Besitzer eines weithin angesehenen Fleischerei- und Verwurstungsunternehmens ist er der emeritierte Präsident der örtlichen Rotarier. Trotzdem lässt es sich der Nestor der Weinviertler Burenwurstherstellung nicht nehmen, gelegentlich seinen Ehrendienst hinter dem Tresen des Glühweinstandes dieser gemeinnützig wirkenden Organisation abzuleisten. Und er tut das auch heute.

„Hier geht es nicht um den Welt*frieden*, es geht um den Welt*hunger*!", sagt er nun erklärend mit leicht nasaler Stimme in Richtung der Damen.

„Genau! Auf den Welthunger! Prost!", sagt Vickerl und leert sein Glas.

„*Gegen* den Welthunger, *gegen* den Welthunger natürlich!", meint der Kommerzialrat indigniert und wendet sich nun vollends den beiden Damen zu.

„Von jedem Glas Glühwein gehen immerhin vierzig Cent an *Unicef!* Mit diesem kleinen Betrag sichern Sie einem Kind in Somalia die Wochenration Brot!"

„Ah, da schau her, wirklich beachtlich!", meint darauf beeindruckt Frau Magistra Fuchs-Hase.

„*Wir* sind die, die für den Weltfrieden spenden! Und nicht vierzig, sondern fünfzig Cent pro Glas!"

Diese Wortmeldung kommt nun vom Lions-Club-Punschstand, wo Dipl.-Ing. (FH) Paul Kraft, Schöpfer von *Paulis Prima Punsch mit den rein natürlichen Zutaten* und Besitzer der IT-Firma *PauKraSoft*, ebenfalls seiner ehrenamtlichen Ausschenk-Verpflichtung nachkommt. Und der dynamische High-Tech-Experte fügt hinzu:

„Damit unterstützen wir den Ausbau der Flüchtlingslager im Nahen Osten. Dann kommen nicht mehr so viele zu uns. Das sichert den Weltfrieden. Auf jeden Fall bei uns da!"

Und mit zwei scheelen Seitenblicken auf die Punschstände der anbietenden Wirte meint er:

„Im Gegensatz zu anderen Leuten geht es *uns* ja nicht um den Profit!"

„Moment!", kontert Finn Brennenstuhl und sieht dabei Frau Fachlehrer Pollack-Pollaschek ganz innig an. „Von uns, vom ‚Gasthof zum lustigen Eisenbahner' gehen pro Glas Punsch siebzig Cent an die ‚Unterstützungskasse für wegen Frühpension von Burnout oder wegen lebenslanger Überarbeitung von Invalidität bedrohte Lokführer und Schaffner'!"

„Genau! Bravo! Prost und ex!", ruft Vickerl. Und fügt hinzu: „I bin a Linkstrinker, meine Damen. Meine rechte Hand war meine Zwickhand, wie ich noch als Schaffner tätig war. Die ist praktisch unbrauchbar!"

„Ja – das kenn ich!" Frau Magistra Fuchs-Hase nickt bitter. „Ich hab oft wahnsinnige Schmerzen im rechten Daumen und Zeigefinger. Vom Hausaufgabenverbessern!"

„*Wir* sind die wahren Berufskrüppel – die Lehrerinnen und die Schaffner! Aber alle reden nur von den Kohlebergleuten!", ergänzt Frau Fachlehrer Pollack-Pollaschek.

„Wir müssen Ihnen Abbitte leisten, meine Herren!", ergänzt Frau Magistra Fuchs-Hase. „Sie leisten hier alle Großartiges ... Also – fast alle!"

Die Blicke der beiden Pädagoginnen wenden sich ebenso synchron wie blitzartig dem Punschstand des „Gasthofes zur tausendjährigen Linde" zu. Hier steht die aus Pilsen stammende platinblonde Kellnerin Jarmilla hinter dem Tresen.

Sie wirkt ein wenig unsicher.

„Ja, wir von die ‚Gasthof zu tausendjährige Linde' spenden achtzig Cent pro Glas in den ‚Fonds zur Unterstützung von durch schändliche Registrierkassenpflicht unschuldig in Not geratenen Gastwirten'!"

„Bravo!", ruft Toni. „Prost und ex auf die kriminalisierten Wirten!"

Er trinkt aus – die Kollegen folgen seinem Beispiel.

„Aha!", sagt Frau Pollack-Pollaschek. „Dann kassieren Sie also quasi Spenden für Ihren Chef, den Lindenwirt ein? Das ist kein Caritas-Projekt. So was nennt man illegale Selbstbereicherung, vorbei am Fiskus!"

„Nein, nein!", erwidert Jarmilla nun eilfertig. „Es geht nicht alles von die Spenden an die Chef. Wie unterstützen auch noch ein gigantisches Sozialprojekt in die Tschechische Republik. Ich weiß zwar jetzt nicht was genau, aber es ist eine gigantische Projekt und wie gesagt sehr sozial und in Tschechische Republik ... glaube ich ..."

„Jawoi!", fällt ihr da der greise Sternat Franz ins Wort, der mit seiner aus der Slowakei stammenden Dauerpflegehilfskraft und einem Rollator unterwegs ist. Mit zittriger Stimme fügt er hinzu: „Mir tschechern für die Tschechen! Prost und ex!"

Das allgemeine Hallo wird nun vom ebenso nasalen wie sonoren Sprachorgan Kommerzialrat Watzingers übertönt.

„Wollen die Damen nicht doch vielleicht ein Glaserl Glühwein probieren? Es ist wirklich ein exzellenter Riesling vom Heinrich Huntzinger aus dem Kamptal."

„Was meinst', Jennifer?" Frau Fachlehrerin Fuchs-Hase wendet sich an ihre Kollegin, Frau Pollack-Pollatschek.

„Ein Schluckerl in Ehren kann niemand verwehren, wo's doch um eine gute Sache geht, gell?", erwidert die Kollegin lächelnd.

Und so gehen beide an den Glühweinstand des Rotary-Clubs und werden an diesem Nachmittag bis spät in den Abend hinein Teil einer fantastischen Charity-Bewegung – ganz im Sinne des Adventgedankens.

„Stille Nacht“ – ein Welthit feiert seinen 200. Geburtstag

Weyhnachts-Lied

Stille Nacht! Heil'ge Nacht!
Alles schläft. Einsam wacht,
Nur das traute heilige Paar
Holder Knab' im lockigten Haar;
Schlafe in himmlischer Ruh!
Schlafe in himmlischer Ruh!

Stille Nacht! Heilige Nacht!
Gottes Sohn! O! wie lacht
Lieb' aus Deinem göttlichen Mund,
Da uns schlägt die rettende Stund';
Jesus! in Deiner Geburth!
Jesus! in Deiner Geburth!

Stille Nacht! Heilige Nacht!
Die der Welt Heil gebracht,
Aus des Himmels goldenen Höh'n,
Uns der Gnade Fülle läßt seh'n
Jesum in Menschengestalt!
Jesum in Menschengestalt!

Stille Nacht! Heilige Nacht!
Wo sich heut alle Macht
Väterlicher Liebe ergoß,
Und als Bruder huldvoll umschloß
Jesus die Völker der Welt!
Jesus die Völker der Welt!

Stille Nacht! Heilige Nacht!
Lange schon uns bedacht,
Als der Herr vom Grimme befreyt,
In der Väter urgrauer Zeit
Aller Welt Schonung verhieß!
Aller Welt Schonung verhieß!

Stille Nacht! Heilige Nacht!
Hirten erst kundgemacht
Durch der Engel „Hallelujah!“
Tönt es laut bey Ferne und Nah:
„Jesus der Retter ist da!“
„Jesus der Retter ist da!“

Text: Joseph Mohr
Melodie: Franz Xaver Gruber

Das Jahr 1818 hat etwas durchaus Magisches an sich. Zahlenmystiker sind von alters her fasziniert von Jahreszahlen, in denen sich eine zweistellige Zahl wiederholt – also etwa 1010, 1515 oder das uns in Bälde bevorstehende Jahr 2020.

Aber auch für mathematisch wie auch mystisch wenig Begnadete wie uns beide hat 1818 einiges, das uns fasziniert, – zum Beispiel die Tatsache, dass Mary Shellyes „Frankenstein" erschienen ist, vorerst allerdings noch anonym. Ebenso interessant erscheint uns die Tatsache, dass in diesem Jahr zwei bis heute durch ihre Ideen nachwirkende Persönlichkeiten geboren wurden: Am 30. März erblickte Friedrich Wilhelm Raiffeisen das trübe Licht einer reformbedürftigen Welt und fünf Wochen später, am 5. Mai, Karl Marx. Durch welche ihrer jeweiligen Epigonen sich die zwei Herren heutzutage jeweils enttäuscht oder bestätigt fühlen würden, wagen wir nicht zu beurteilen. Sicher sind wir uns aber darin, dass sich beide über derzeit wieder grassierende Theorien totlachen würden, in denen allen Ernstes behauptet wird, der „Markt" regle alles ganz von alleine zum Besten aller.

Besonders überraschend wird die historische Auseinandersetzung aber dann, wenn man sich ansieht, welche musikalischen Weltpremieren es in diesem Jahr 1818 gegeben hat: In Prag gab man die Oper *Orestes* von Conradin Kreutzer, einem deutschen Frühromantiker. Die Mailänder Scala brachte *Il Barone di Dolsheim* von Giovanni Pacini und das Theater an der Wien *Das Rosenmädchen* von Peter Joseph von Lindtpaintner zur Uraufführung. Den aus heutiger Sicht größten Smash-Hit landete aber das Teatro San Carlo in Neapel mit *Ricciardo e Zoraide* von Gioachino Rossini.

Haben wir gerade „Smash-Hit" geschrieben?

Gut, was den Opernbereich betrifft, hatten die Neapolitaner damals mit dem guten Rossini wohl die Nase vorn oder – wie man auch sagen könnte – den besten „Riecher".

Allgemein musikalisch betrachtet aber fand die bedeutendste Uraufführung des Jahres 1818 in keinem der berühmten Musentempel statt.

Für den 24. Dezember 1818 erwarten sich die gläubigen Katholiken der kleinen Salzburger Ortschaft Oberndorf eine eher traurige Mette: Das „Positiv“, so nennt man im Fachjargon eine kleine Orgel, wie sie damals in der örtlichen Kirche St. Nikola steht, ist kaputt. Es darf also kein großartiger musikalischer Jubel-Event erwartet werden. Und doch findet er statt. Denn der 26-jährige Hilfspfarrer Joseph Mohr und der 31-jährige Lehrer Franz Xaver Gruber singen ein Duett zur Gitarre und heben damit das heute weltweit bekannteste Weihnachtslied aus der Taufe.

Es gibt neben „Stille Nacht, Heilige Nacht“ wohl kein Musikstück, das von so vielen Weltstars unterschiedlichster Genres auf unterschiedlichen Tonträgen veröffentlicht wurde: von den Wiener Sängerknaben bis Justin Bieber, von der Gospel-Ikone Mahalia Jackson bis zu den drei Tenören Carreras, Domingo und Pavarotti, von der Opernsopranistin Montserrat Caballé über Rock'n'Roll-Legende Elvis Presley bis zu Pop-Stars wie Mariah Carey, Céline Dion und Whitney Houston. Dazu kommen Beyoncé, Bing Crosby, Ella Fitzgerald, Birgit Nilsson, Richard Tauber und so weiter und so fort. Die Liste ließe sich beliebig fortsetzen. Es ist wohl deutlich schwieriger, internationale Gesangsstars zu finden, die dieses Lied *nicht* gesungen haben.

Dabei war die Komposition angeblich ein „Schnellschuss“. Erst am Vormittag des 24. Dezembers soll Koadjutor Mohr dem Arndorfer Lehrer und Oberndorfer Aushilfsorganisten Gruber sein bereits zwei Jahre zuvor verfasstes Gedicht mit der Bitte um Vertonung überreicht haben. Gewissermaßen einer göttlichen Eingebung folgend, habe dieser dann wie in Trance die Melodie in Notenschrift festgehalten und der junge Geistliche sogleich die passenden Akkorde auf der Gitarre dazu gespielt. So oder so ähnlich liest es sich in manchen jener Berichte, die sich rühmen, die einzig wahre Geschichte zum „Ewigen Lied“ – so ein einschlägiger Filmtitel – zu erzählen.

Faktisch belegen lässt sich das natürlich nicht.

Und überall dort, wo exakte Belege fehlen, blüht die Phantasie. Und das ist auch gut so. Manche Mythen und Legenden lassen sich aber auch durch klare Fakten nicht aus der Welt schaffen. Wir haben uns auch im vorliegenden Fall bemüht, einiges von dem, was so an Anekdoten und Anekdötchen um die „Stille Nacht“ und ihre Schöpfer kursiert, auf seinen Wahrheitsgehalt hin zu überprüfen. Und es ist Erstaunliches herausgekommen: Es ist nicht *alles* falsch, was da erzählt wird. Einiges aber schon – überzeugen Sie sich selbst!

Behauptung 1: Gruber und Mohr sind gar keine Österreicher, sondern Deutsche.

Franz Xaver Gruber wurde 1787 geboren, im Ortsteil Unterweitzberg der Innviertler Gemeinde Hochburg-Ach. Und diese gehörte seit dem Frieden von Teschen 1779 nicht mehr zu Bayern, sondern zum Erzherzogtum Österreich. Der Komponist von „Stille Nacht“ ist also ein hundertprozentiger Österreicher, da fährt die Eisenbahn drüber, wie man bei uns daheim zu sagen pflegt.

Schwieriger wird die Zuordnung bei Joseph Mohr. Denn der erblickte 1792 in der schönen Stadt Salzburg das Licht der Welt. Und Salzburg beherbergte bekanntlich die Residenz jenes Fürsterzbischofs, unter dessen weltlicher Herrschaft das gleichnamige Fürsterzbistum stand. Zu Österreich kam das Land Salzburg endgültig erst 1816, infolge der Entscheidungen des Wiener Kongresses. Mit dem Österreicher-Sein von Mohr haben wir also dasselbe Problem wie mit dem Österreicher-Sein von Wolfgang Amadeus Mozart. Genau genommen waren beide von der Geburt her weder „Deutsche“ noch „Österreicher“, sondern „Salzburger“. Trotzdem finden sich vor allem in Hinblick auf Mozart unter unseren Lieblings-Fußballgegnern immer wieder findige Köpfe, die meinen, in ihm einen echten Landsmann zu haben. Denn das Fürsterzbistum Salzburg war ja Teil des *Heiligen Römischen Reiches Deutscher Nation*. Dazu gehörte allerdings auch die Habsburger-Monarchie. Nun ist aber glücklicherweise die Zeit schon lange vorbei, in der sich die deutschsprachigen Österreicher mehrheitlich als Teile der deutschen Nation verstanden. So können wir mit Fug und Recht auch Mozart und Mohr posthum zu Österreichern erklären. Zum einen ist ihre Geburtsstadt seit mehr als zweihundert Jahren österreichisch, zum anderen verbrachten beide den größten Teil ihres Lebens hierzulande. „Stille Nacht, Heilige Nacht" ist also genauso ein österreichisches Lied wie etwa auch *Die Zauberflöte* eine österreichische Oper ist. Was aber natürlich nur eine Teilwahrheit ist. Denn beide Werke resultieren aus einer gesamteuropäischen Musiktradition und gehören zum Kulturerbe der gesamten Menschheit.

Behauptung 2: Ohne die Protektion des Papstes und eines Kardinals wäre Joseph Mohr nie Priester geworden.

Joseph Mohr wurde als unehelicher Sohn des aus Mariapfarr im Lungau stammenden Musketiers Franz Mohr und der Salzburger Strickerin Anna Schoiber geboren. Er stammte also aus sehr einfachen Verhältnissen. Dass ein solcher Mann beim Anstreben eines Priesteramtes auf die Unterstützung eines Kardinals zählen konnte, scheint reichlich absurd. Dass dazu aber auch noch eine Hilfestellung durch den Papst gekommen sein soll, das ließ in uns quellenkritisch geschulten Informationsskeptikern naturgemäß sämtliche Alarmglocken läuten.

„Fake News!" schrillte es uns hässlich in den Ohren. Aber an dieser Geschichte ist viel Wahres dran!

In der damaligen Zeit konnte nämlich ein unehelich Geborener nicht so einfach Priester werden. Auch dann nicht, wenn seine Eltern nach seiner Geburt geheiratet hatten, und er daraufhin den Familiennamen seines Vaters führen durfte. So, wie das bei Joseph Mohr auch der Fall war.

Dafür, dass ein solches „Subjekt" ein Priesteramt bekleiden durfte, war die persönliche Zustimmung des Stellvertreters Christi auf Erden einzuholen. Und diese wurde von Papst Pius

VII. auch prompt erteilt. Ohne diese päpstliche Protektion wäre Joseph Mohr also nicht Pfarrer geworden. Vermutlich wäre er dann auch nie nach Oberndorf gekommen, hätte nie den Lehrer Gruber kennengelernt und das größte Weihnachtslied von allen wäre nie geschrieben worden. Und wir müssten zu Weihnachten andauernd ausschließlich „White Christmas", „Ihr Kinderlein kommet" oder gar „Leise rieselt der Schnee" singen – welch eine furchtbare Vorstellung!

Die zweite Geschichte mit der „Kardinalsprotektion" ist ein bisschen an den Haaren herbeigezogen – trotzdem aber nicht ganz falsch.

Zum Priester geweiht wurde Joseph Mohr nämlich 1815 vom damaligen Salzburger Weihbischof Karl Kajetan Graf von Gaisruck. Und der stieg mit massiver Unterstützung des österreichischen Kaiserhauses zügig in der katholischen Hierarchie auf: Nur drei Jahre, nachdem er Mohr geweiht hatte, wurde er Erzbischof von Mailand und sein Name wurde italienisiert. Aus Karl Kajetan wurde Carlo Gaetano – nur „Gaisruck" blieb „Gaisruck". Weitere sechs Jahre später, 1824, ernannte ihn Papst Leo XII. dann zum Kardinal.

Behauptung 3: Noch zu Lebzeiten Mohrs und Grubers wurde ihr Lied europaweit bekannt und beide wurden dank der daraus resultierenden Einkünfte steinreich.

Auf den ersten Blick scheint diese Behauptung komplett unsinnig zu sein. Denn selbst in Salzburg, der Heimat des Autorenduos, wurde „Stille Nacht, Heilige Nacht" 1866 erstmals in ein offizielles Kirchenliederbuch aufgenommen. Und da war Gruber bereits drei und Mohr schon achtzehn Jahre tot.

Ein zweiter Blick bringt allerdings ein ganz anderes Ergebnis. Denn schon 1819, ein Jahr nach seiner Uraufführung, wurde das Lied vom Kirchenchor in Fügen im tirolerischen Zillertal gesungen und von den Zuhörern begeistert aufgenommen. Vor allem die hier ortsansässigen „Rainer-Sänger“ wurden hellhörig. Die Mitglieder dieser Familie waren die Begründer einer ganzen Musikerdynastie. Sie selbst und ihre Folgegenerationen feierten im 19. Jahrhundert als „Tirolerische Natursänger“ auf Tourneen durch Europa und Amerika große Erfolge. Die erste Generation, die sogenannten „Ur-Rainer“, wie sie heute noch genannt werden, dürften „Stille Nacht, Heilige Nacht“ sofort in ihr Repertoire aufgenommen haben. Urkundlich gesichert ist jedenfalls, dass sie es bereits 1822 einem „hochherrschaftlichen“ Publikum vortrugen: Der österreichische Kaiser Franz I. hatte seinen russischen Kollegen Zar Nikolaus I. zu einem diplomatischen „Plauscherl“ ins Schloss des Grafen Dönhoff in Fügen eingeladen und im musikalischen Rahmenprogramm traten die „Rainer-Sänger“ auf. Die Majestäten von Gottes Gnaden sollen vor allem von dem neuen Weihnachtslied hellauf begeistert gewesen sein und der Zar höchst selbst eine Einladung nach St. Petersburg ausgesprochen haben.

Wie das Lied so zügig von Salzburg nach Tirol gelangte, ist nicht eindeutig belegt. Es gibt aber eine sehr naheliegende Möglichkeit: Der aus dem Zillertal stammende Orgelbauer Karl Mauracher war nachweislich 1821 in Arndorf, um die Kirchenorgel zu reparieren. Franz Xaver Gruber war dort immer noch als Lehrer tätig und „pendelte“ nach wie vor als Aushilfsorganist gelegentlich ins benachbarte Oberndorf. Es ist anzunehmen, dass Mauracher auch schon 1819 in der Gegend war, Gruber als Organisten klarerweise kannte und mit dessen Einverständnis Noten und Text des Liedes nach Tirol mitnahm. Von dort aus verbreitete sich das Lied dann erstaunlich rasch.

Schon in den 1820er-Jahren unternahmen die Sängerfamilie Rainer und die aus Laimach im Zillertal stammenden Geschwister Strasser ausgedehnte Konzertreisen durch Deutschland und England. Wiewohl es auch hierfür keine Belege gibt, kann man davon ausgehen, dass beide „Tiroler Naturgesangsgruppen“ das Werk von Gruber/Mohr bereits im Repertoire hatten. Für 1832 ist jedenfalls eine Aufführung des Werkes in Leipzig verbrieft.

Über das Konzert der Geschwister Strasser schrieb damals das *Leipziger Tagblatt*:

„Auch hatten die Sänger dem in diesem Blatte ausgesprochenen Wunsche, das schöne Weihnachtslied: ‚Stille Nacht, heilige Nacht' vorzutragen, freundlich entsprochen."

Es ist also anzunehmen, dass sich dieses Lied in Leipzig damals bereits großer Beliebtheit erfreute. Sonst hätte das *Tagblatt* wohl kaum diesen Musikwunsch an die Tiroler Gesangsgruppe gerichtet.

„Tantiemen" wurden an die beiden Schöpfer des Werkes allerdings in diesen frühen Jahren sicher keine bezahlt. In der ersten Notenveröffentlichung aus den 1830er-Jahren durch den deutschen Verlag A. R. Friese findet sich „Stille Nacht, Heilige Nacht" neben drei anderen Musikstücken unter dem Titel „Vier ächte Tyroler Lieder". Die Urheber wurden nicht angeführt – vermutlich ging man davon aus, dass es sich um ein Volkslied handle, dessen Texter und Komponist nicht mehr zu eruieren seien.

Doch deutsche Gründlichkeit, so sehr sie in unserem Alpenland oft spöttisch belächelt wird, hat gelegentlich auch ihre Vorteile.

Denn im Jahre 1854 erhielt das Salzburger Benediktinerstift St. Peter eine Anfrage aus Berlin: Die Königlich Preußische Hofkapelle erkundigte sich höchst offiziell nach dem Komponisten jener Melodie, die der Preußenkönig Friedrich Wilhelm IV. offenbar zu seinem Lieblingsweihnachtslied erkoren hatte. Im Benediktinerstift St. Peter war zu dieser Zeit Felix, der zweitälteste Sohn Franz Xaver Grubers, als Sängerknabe tätig. Ihm dürfte zu Ohren gekommen sein, dass die dortigen Kirchenmusik-Experten Michael Haydn für den Komponisten hielten. Haydn war bis zu seinem Tod dreiundvierzig Jahre im Dienst der Salzburger Erzbischöfe gestanden und hatte in dieser Zeit mehr als 300 weltliche und sakrale Musikwerke komponiert. Darunter auch das bis heute in katholischen Kirchen häufig gesungene „Deutsche Hochamt", besser bekannt unter dem Titel des Anfangsliedes „Hier liegt vor Deiner Majestät".

Es ist anzunehmen, dass Franz Xaver Gruber von seinem Sohn informiert wurde, dass man Haydn als Urheber *seines* Liedes angeben wollte. Denn kurze Zeit nach der Anfrage an das Stift verfasste Gruber die sogenannte „Authentische Veranlassung". Darin beschrieb er die Entstehungsgeschichte des Liedes und hielt seine Autorenschaft und die von Joseph Mohr fest, der zu diesem Zeitpunkt allerdings bereits seit sechs Jahren tot war.

Mohr selbst hatte in den 1820er-Jahren seinen Text handschriftlich festgehalten, darauf auch als Entstehungsjahr des Gedichtes 1816 angegeben und Gruber als Komponisten angeführt. Dieser Autograph wurde allerdings erst 1995 entdeckt.

Zurück zur Ausgangsbehauptung: Richtig ist ohne Zweifel, dass „Stille Nacht, Heilige Nacht" schon zu Lebzeiten von Gruber und Mohr eine beachtliche Bekanntheit weit über die Grenzen ihrer Heimat hinaus erlangte. Da sie sich um keine Bekanntmachung ihrer Urheberschaft und damit naturgemäß erst recht nicht um eine verlegerische Wahrnehmung ihrer Interessen bemühten, haben die beiden an ihrem „Welthit" vermutlich so gut wie gar nichts verdient.

Behauptung 4: Joseph Mohr war zeitlebens sozial sehr engagiert und wurde deshalb von seinen Vorgesetzten immer hochgeschätzt.

Wir haben bereits darauf hingewiesen, dass Joseph Mohr, ähnlich wie auch Franz Xaver Gruber, aus sehr einfachen Verhältnissen stammte. Beiden wurde eine höhere Schulausbildung durch einflussreiche Gönner möglich gemacht. Im Fall Mohrs war dies der Salzburger Domvikar Johann Hiernle. Der schätzte neben dessen auffallender Intelligenz auch die Musikalität des Schülers. Hiernle unterstützte die Familie Mohr finanziell so großzügig, dass Joseph nicht nur das Akademische Gymnasium in Salzburg, sondern zwischen 1808 und 1810 auch das Stiftsgymnasium in Kremsmünster, eine traditionsreiche katholische Eliteschule in Oberösterreich, besuchen konnte. Danach studierte er in Salzburg Theologie.

Manche „Bildungsbürger“ verachten ja nach einem solchen sozialen Aufstieg gerne jene, denen Ähnliches versagt geblieben ist. Bei Joseph Mohr war das offensichtlich nicht der Fall. Vieles weist darauf hin, dass er den ihm seelsorgerisch Anvertrauten nicht nur von einem besseren Jenseits zu künden wusste, sondern sich auch darum bemühte, sie bei der Lösung ihrer diesseitigen Probleme möglichst gut zu unterstützen.

Es war keine einfache Zeit, in der Gruber als junger Lehrer und Mohr als Hilfspfarrer tätig waren: Im Jahr von Mohrs Priesterweihe, 1815, waren zwei Jahrzehnte Krieg mit der endgültigen Niederlage Napoleons bei Waterloo vorbei. Im selben Jahr endete der Wiener Kongress, der in Europa neue Grenzen zog. Dabei wurde, wie schon angedeutet, das ehemalige Fürsterzbistum Salzburg aufgeteilt; ein Teil kam zu Bayern, der andere, größere zu Österreich. Für Oberndorf bedeutete die neue Grenzziehung eine Abtrennung vom ursprünglichen Stadtzentrum, denn es war der Vorort der am gegenüberliegenden Salzachufer liegenden Stadt Laufen gewesen. Nun war die Salzach der Grenzfluss, Laufen gehörte zu Bayern und Oberndorf zu Österreich. Dass neue Grenzen, noch dazu, wenn sie durch bestehende Städte gehen, nicht nur bisherige soziale Beziehungen, sondern auch Handel und Handwerk massiv beeinträchtigen, wissen wir auch aus der jüngeren Geschichte. Darüber hinaus musste damals, bedingt durch die exorbitant hohen Kriegskosten, das Kaiserreich Österreich innerhalb von fünf Jahren gleich zwei Mal den Staatsbankrott erklären: 1811 und 1816.

Und wie immer in solchen Krisenzeiten jammerten die Wohlhabenden und hielten ihr Vermögen zusammen. Die Armen hatten keine Zeit zu klagen, weil sie schuften mussten, um sich und die Ihren am Leben zu erhalten. Da mochte es dann auch schon vorkommen, dass sich mancher, der Not gehorchend, nicht immer an alle Gebote und Verbote hielt, die Staat und „Herrschaft“ ihm auferlegt hatten.

Aus seiner Zeit im Salzburger Dorf Hintersee, wo Joseph Mohr von 1827 bis 1837 als Vikar tätig war, sind Geschichten überliefert, denen zufolge er mit Wilderern gemeinsame Sache gemacht haben soll. Nun hat uns das österreichische Volksliedgut des 19. Jahrhunderts eine Fülle von meist tragischen, gelegentlich aber auch triumphalen Wilderer-Liedern und -legenden überliefert. Man kann also davon ausgehen, dass in vielen Regionen vor allem in Notzeiten die illegale Jägerei weit verbreitet war.

Joseph Mohr soll sich jedenfalls an diesem „Schwarzmarkt" bedient haben, indem er den Wilderen das Fleisch abkaufte, um es an die Bedürftigen des Ortes zu verteilen. Er soll deswegen sogar angezeigt worden sein. Schlüssige Belege dafür haben wir freilich nicht finden können.

Solche liegen aber für seine letzte seelsorgerische Tätigkeit in Wagrain im Pongau vor. Von 1837 bis zu seinem Tod 1848 war Joseph Mohr dort Vikar und erwirkte eine Reihe von wesentlichen Bildungs- und Sozialreformen: So wurde auf seine Initiative hin eine neue, mehrklassige Schule gebaut. Und er gründete einen sozialen Ausgleichsfonds, um auch den Kindern bedürftiger Familien den kostenpflichtigen Schulbesuch zu ermöglichen. Weiters setzte er sich für die Errichtung eines Versorgungsheims für Arme und Alte ein, das allerdings erst nach seinem Ableben realisiert wurde.

Auch schon als Hilfspriester in Oberndorf hatte er offensichtlich keinen Wert darauf gelegt, den hierarchischen Abstand zwischen ihm als Vertreter der Geistlichkeit und den gewöhnlichen Sterblichen zu betonen. Der Gemeindepfarrer Georg Heinrich Joseph Nöstler goutierte die Volksnähe des ihm zugeteilten Koadjutors allerdings gar nicht.

Und so wandte er sich im Oktober 1818 mit einer Beschwerde an das Erzbischöfliche Konsistorium zu Salzburg. Sein Hilfspfarrer singe „oft nicht erbauliche Lieder" und pflege häufig zu scherzen, auch mit „Personen des anderen Geschlechts". Und überhaupt sei sein „tadelloser priesterlicher Wandel" mangelhaft, zumal ihm der „nöthige Subordinationsgeist" abgehe.

Der zuständige Dechant von St. Georgen teilte allerdings diese Einschätzung des Ortspfarrers nicht und so blieb Nöstlers Beschwerde ohne Folgen.

Einer von uns beiden allerdings hat zu Pfarrer Nöstler eine besondere Beziehung.

Denn im Spielfilm „Das ewige Lied“ von Regisseur Franz Xaver Bogner aus dem Jahr 1997 spielt Tobias Moretti den gutherzigen, anständigen Joseph Mohr.

Dreimal dürfen Sie raten, wer den bösartigen Nöstler spielt!

Behauptung 5: In den USA wurde „Stille Nacht, Heilige Nacht“ erst durch die „Trapp Family Singers“ während des Zweiten Weltkriegs bekannt gemacht.

Diese Behauptung haben wir eigentlich schon widerlegt – in unserem Adventkalenderfenster vom 9. Dezember. Sie erinnern sich? In den 1930er-Jahren war „Silent Night“ in den USA bereits seit Generationen so bekannt, dass man es für einen „Traditional American Folk Song“ hielt.

Allerdings gibt es über die Beziehung der Trapp-Familie zu diesem Lied durchaus einiges zu sagen.

Aber eines nach dem andern. Vorerst schauen wir uns an, wann und wie aus „Stille Nacht“ „Silent Night“ wurde. Wieder sind es die „Rainer-Sänger“, die den entscheidenden Anteil daran haben. Allerdings ist es die zweite Generation dieser Musikantenfamilie und die Zentralfigur heißt Ludwig Rainer. Er wurde 1821 als uneheliches Kind von Maria, einem Mitglied der „Ur-Rainer“, geboren. Und er war erst siebzehn, als er selbst das „Rainer-Quartett“ gründete. Schon ein Jahr darauf wagte er gemeinsam mit seiner späteren Ehefrau Margareta Sprenger, mit seiner Nichte Helene Rainer und mit Simon Holaus den großen Sprung über den Atlantik. 1839 war das noch eine langwierige und anstrengende Reise. Obwohl immerhin schon ein wenig dampfmaschinenunterstützt, segelte man gut vier Wochen über den Ozean, ehe man in New York ankam.

Hier kam es dann zur ersten Aufführung von „Stille Nacht, Heilige Nacht" auf amerikanischem Boden. Und zwar vor dem Alexander Hamilton Memorial auf dem Friedhof der Trinity Church im Herzen der Metropole der Neuen Welt, zwischen Wall Street und Broadway. So jedenfalls steht es in Ludwig Rainers Tagebuch. Er und seine „Rainer Familiy Singers", wie sich die Gruppe hier nannte, blieben vier Jahre in den USA. Dabei gastierten sie unter anderem in New Orleans, St. Louis, Pittsburgh und Philadelphia, und brachten den Amis nicht nur ein neues Weihnachtslied, sondern angeblich auch das Jodeln bei.

Hierzu sei angemerkt, dass es in der US-amerikanischen Jodelforschung offenbar einen Wissenschaftsstreit darüber gibt, ob es eher die Tiroler oder doch die Schweizer „Minstrels" waren, die diese Kehlkopfakrobatik im Land der unbegrenzten Möglichkeiten populär machten. Sei's drum. Fest steht jedenfalls, dass schon in der zweiten Hälfte des 19. Jahrhunderts diverse Hillbilly-Gruppen so flott dahinjodelten als sei ihre Wiege nicht im Arkansas River Valley, sondern im Zillertal gestanden. Aber nicht nur die „Hinterwäldler" frönten dem alpinen Gesangsstil. 1923 ließ die legendäre afroamerikanische Sängerin Bessie Smith mit der Textzeile „I'm gonna yodel my blues away" aufhorchen. In der Folgezeit erlebte das sogenannte „Blue Yodeling", bei dem der „schwarze" Blues und das „weiße" Alpinjodeln symbiotisch zusammenwirkten, eine Blüte – als ein quasi multikulturelles Statement gegen die damalige Apartheidpolitik im US-amerikanischen Süden.

Aber zurück zu Ludwig Rainer. Der blieb nach seiner Rückkehr aus den USA nicht sehr lange im heimatlichen Alpental. Mit wechselnden Besetzungen seiner Gesangsgruppe tourte er durch Europa und Kleinasien. Zwischen 1858 und 1868 lebte er in Russland, wo er ebenfalls etliche Konzertreisen absolvierte. Man kann ihn wohl als einen der ersten Vertreter der alpinen „volkstümlichen" Musik bezeichnen. Denn er verstand es offenbar höchst erfolgreich, volksmusikalische Elemente mit sakralen

Kunstliedern und „Gassenhauern“ oder „Schlagern“ zu verbinden. Nicht zuletzt auch dank seiner stimmgewaltigen Unterstützung dürfte das „Stille Nacht“-Lied bereits um die Wende des 18. zum 19. Jahrhundert auf allen Kontinenten bekannt gewesen sein.

Für die höchstwahrscheinlich erste, jedenfalls aber bis heute geläufige Übersetzung des Liedtextes ins Englische sorgte in den 1850er-Jahren John Freeman Young. Er war als Priester in der New Yorker Trinity Church tätig, wo möglicherweise noch die Noten und der deutsche Text des Liedes vom seinerzeitigen Auftritt der „Rainer-Sänger“ vorhanden waren. Dafür spricht, dass er ausschließlich jene drei der sechs Strophen übersetzte, die auch von den Tirolern auf ihren Tourneen gesungen wurden und die bis heute die allgemein bekannten sind:

Silent night, holy night!
All is calm, all is bright.
Round yon Virgin, Mother and Child.
Holy infant so tender and mild,
Sleep in heavenly peace,
Sleep in heavenly peace

Silent night, holy night!
Shepherds quake at the sight.
Glories stream from heaven afar
Heavenly hosts sing Alleluia,
Christ the Savior is born!
Christ the Savior is born

Silent night, holy night!
Son of God love‘s pure light.
Radiant beams from Thy holy face
With dawn of redeeming grace,
Jesus Lord, at Thy birth
Jesus Lord, at Thy birth

John F. Young, der später Bischof in Florida wurde, war kein katholischer Kleriker. Er gehörte der Episcopal Church an, die zu den anglikanischen Kirchen gehört. Es ist interessant, dass „Stille Nacht, Heilige Nacht“ offensichtlich schon sehr früh nicht als rein katholisches Lied, sondern als allgemein christliches Lied angenommen wurde. Darauf weist auch die Tatsache hin, dass das Lied bereits 1836 im Königreich Sachsen in ein Volksschulliederbuch aufgenommen wurde. Dies bedurfte der Genehmigung durch den zuständigen evangelisch-lutherischen Pfarrer, der sie offensichtlich auch erteilt hat.

Jetzt aber zu den „Trapp Family Singers“: Deren Erfolgsstory begann ursprünglich damit, dass Georg Ludwig von Trapp als Hauslehrerin Maria Augusta Kutschera einstellte, nachdem seine erste Ehefrau Agathe Whitehead, mit der er sieben Kinder hatte, jung verstorben war.

Zwei Jahre später heirateten die Lehrerin und ihr Arbeitgeber. Sie bekamen zusammen noch drei Kinder, das jüngste, Johannes, kam in den USA zu Welt.

1935 schien die Existenz der großen Familie gefährdet. Durch den Konkurs der Lammerbank in Zell am See hatte Georg Trapp einen Großteil seines Vermögens verloren. Da hatte Maria die rettende Idee: Gemeinsam mit ihren Stiefkindern gründete sie eine Gesangsgruppe. Die musikalische Leitung übernahm der Hauskaplan der Familie, Dr. Franz Wasner. Der Erfolg stellte sich überraschend rasch ein: Bei den Salzburger Festspielen 1937 gewann der Chor den dortigen „Volkssängerwettbewerb“.

Den Avancen der nationalsozialistischen Führung widerstand die streng katholische Familie mit einer Konsequenz, die Hochachtung verdient: Georg von Trapp, der im Ersten Weltkrieg ein sehr bekannter U-Boot-Kommandant der k. u. k. Marine gewesen war, lehnte es ab, nun bei der Deutschen Wehrmacht eine Kommandoaufgabe in diesem Bereich zu übernehmen. Und die Familie nahm ein Gesangsauftrittsangebot in München anlässlich des Hitler-Geburtstages nicht an; stattdessen fuhr man auf

Konzerttournee nach Italien. Von dort aus trat die Familie die Überfahrt in die USA an – was weniger eine Reise, als vielmehr eine Flucht war, der sich auch der Chorleiter, Kaplan Wasner, anschloss.

Der kometenhafte Aufstieg, den die „Trapp Family Singers" bereits innerhalb der nächsten drei Jahre in den USA erlebten, wurde von Maria Augusta Trapp bereits in ihren 1949 in Philadelphia erschienen Memoiren dokumentiert. Darauf basierend wurden zwei deutsche Spielfilme realisiert: *Die Trapp-Familie* (1956) und *Die Trapp-Familie in Amerika* (1958). Beide Filme wurden große Erfolge im deutschsprachigen Raum.

Welterfolge wurden auch das Musical *Sound of Music* von Rodgers/Hammerstein aus dem Jahre 1959 und die gleichnamige Verfilmung mit Julie Andrews, die 1965 in die Kinos kam. Die Erstinszenierung des Musicals am Broadway kam auf 1443 Aufführungen, der Film zählt zu den finanziell erfolgreichsten aller Zeiten. Hierzulande hingegen ist *Sound of Music* allerdings einer qualifizierten Mehrheit völlig unbekannt.

Bei den Konzerten der „Trapp Familiy Singers" in den USA war „Silent Night" nicht nur fixer Bestandteil des Repertoires, sondern vermutlich auch der größte Hit. Und er rief im Zweiten Weltkrieg dort in Erinnerung, dass Österreich der Welt auch andere Töne geschenkt hatte als das damals unüberhörbare Hassgebrüll eines deutschen Führers mit Braunauer Migrationshintergrund.

Vielleicht war es ein Verdienst der Trapps, dass Churchill und Roosevelt miteinander 1941 im Weißen Haus demonstrativ das österreichische „Silent Night" sangen. Sicher ist das natürlich nicht.

Sicher ist aber, dass die Trapp-Familie 1947 in den USA eine Hilfsaktion für Österreich startete. 150 000 Tonnen an Hilfsgütern wurden über die „Trapp Family Austria Relief Inc." organisiert.

Bei ihren Konzerten appellierte die Gesangsgruppe für Spenden mit folgendem Aufruf:

„The country that gave to the world Haydn, Schubert, Mozart, and *Silent Night* will perish if we do not help them. Everybody knows about the situation the greater European countries are in. But few people can imagine what is happening in Austria, whose citizens are about to lose courage and hope."

„Das Land, das der Welt Haydn, Mozart, Schubert und „Stille Nacht" geschenkt hat, wird zugrunde gehen, wenn wir nicht helfen. Jedermann weiß um die Zustände in den größeren europäischen Ländern. Aber nur wenige Menschen können sich vorstellen, was in Österreich vorgeht, dessen Bevölkerung Mut und Hoffnung zu verlieren droht."

2011 wurde „Stille Nacht, Heilige Nacht" als Immaterielles Kulturerbe in die Österreichliste der UNESCO aufgenommen.

In der Begründung heißt es unter anderem:

„Das Lied thematisiert den Wunsch der Menschen nach allumfassendem Frieden, vermittelt ein Gefühl der Zusammengehörigkeit und fördert den zwischenmenschlichen Austausch und das gegenseitige Verständnis. Es hat eine generationsübergreifende, verbindende Wirkung und vereint verschiedene Altersstufen, Konfessionen und Kulturen, zu deren Festkultur das Lied gleichermaßen gehört."

Dritter Teil

Fest der Freude

O Weihnacht! Weihnacht! Höchste Feier!
Wir fassen ihre Wonne nicht.
Sie hüllt in ihre heilgen Schleier
das seligste Geheimnis dicht.

Nikolaus LENAU
Österreichischer Schriftsteller
1802–1850

Weihnachten – ein Fest der Freude.
Leider wird dabei zu wenig gelacht.

Jean-Paul SARTRE
Französischer Dichter und Philosoph
1905–1980

Die besinnlichen Tage zwischen Weihnachten und Neujahr
haben schon manchen um die Besinnung gebracht.

Joachim RINGELNATZ
Deutscher Schriftsteller
1883–1934

Was feiern wir zu Weihnachten?

Ein gutes Gewissen ist ein ständiges Weihnachten.

Benjamin FRANKLIN
US-amerikanischer Politiker, Schriftsteller und Erfinder
1706–1790

Die meisten Leute feiern Weihnachten,
weil die meisten Leute Weihnachten feiern.

Kurt TUCHOLSKY
Deutscher Satiriker
1890–1935

Was wir zu Weihnachten feiern, das ist Ihnen, verehrte gebildete Leserin, und auch Ihnen, lieber redlich bemühter Leser, natürlich völlig klar. Hier, also im christlichen Abendland, oder auch im „Westen" oder in der „Ersten Welt", wie man das christliche Abendland seit dem Zweiten Weltkrieg häufig zu nennen pflegt, feiern wir die Geburt Jesu. Genauer gesagt, die Geburt des Jesus von Nazareth. Der aber nicht in Nazareth, sondern in Bethlehem zur Welt kam. Und zwar in jenem Bethlehem, das nicht in Pennsylvania liegt, sondern in Palästina. Also, um das genauer zu sagen: Heute liegt es auch nicht in Palästina, sondern in den palästinensischen Autonomiegebieten. Und wird deshalb von einer acht Meter hohen Mauer umschlossen. Die aber wiederum nicht die Palästinenser errichtet haben, um ihre Autonomie vor den Israelis zu schützen, sondern die Israelis, um sich die autonomen Palästinenser vom Leib zu halten.

Gläubige Christen aller Konfessionen feiern zu Weihnachten aber nicht nur eine Kindesgeburt, sie feiern vor allem und in erster Linie das Zur-Welt-Kommen des Erlösers, des Christus, des Messias. Auch das scheint allgemein bekannt zu sein.

Sollte man glauben.

Doch „glauben" heißt bekanntlich nicht „wissen" – doch Nichtwissen hat nicht automatisch etwas mit dem Glauben zu tun. Im Gegenteil: Nur wer über die grundlegenden Aussagen und Werthaltungen einer Religion Bescheid weiß, kann sich vernünftigerweise zu ihr bekennen oder sie ablehnen.

Im Folgenden werden wir einige recht illustrative Beispiele dafür anführen, dass das nicht immer der Fall ist.

Der beliebteste österreichische Radiosender wird nicht ausschließlich von potenziellen Nobelpreisträgern gehört. Aber anscheinend bereitet es oft gerade Menschen, die nicht unter der Last ihrer Bildung zusammenzubrechen drohen, eine besondere Freude, wenn jemand öffentlich bloßgestellt wird, der noch blöder ist als sie selbst.

Darum enthält das Programm der Radiostation immer wieder Sendungen, in denen man Leuten bereitwillig die Möglichkeit bietet, ihre eklatanten Bildungslücken vor einem breiten Publikum zu präsentieren.

So gibt es hier seit Jahren den „Mikromann", der Bürgerinnen und Bürger im Weichbild der Städte und in idyllischen Dörfern mit komplexen Fragen verunsichert. Beispiele dafür sind etwa:

– „Würden Sie Urlaub auf den Barrikaden machen?"

oder:

– „Nach welchem Fluss ist das Murtal benannt?"

Zum Thema „Weihnachten" richtete der Mikromann an zwei Damen die Frage, wie denn der Name des Sohnes von Maria und Josef sei, dessen Geburtstag wir am 25. Dezember feiern. Wie aus der Pistole geschossen kam die Antwort der ersten Dame:

„Na, der hat auch Josef geheißen, net?"

Nach einigem Zögern bestätigte die zweite Dame die Antwort der ersten. Mit der grundsätzlich richtigen Begründung, dass es früher eben weit verbreitet, um nicht zu sagen üblich gewesen sei, dem Sohne denselben Namen zu geben, den auch der Vater trug. Die Zusatzfrage des Mikromannes, ob man ergo sagen könne, der Sohn von Maria und Josef sei somit Joseph II., wurde von beiden Damen freudig bejaht.

Als der tückische Fragesteller das System auf den Kopf stellte und nun wissen wollte, wer die Eltern von Jesus seien, erhielt er spontan die ihn zufriedenstellende Antwort:

„Maria und Josef."

Dieses Frage- und Antwortspiel, das man sich auch im Internet anhören kann, führte daselbst zu den üblichen spöttischen Reaktionen diverser selbstverständlich anonym postender Gehirnathleten.

Ein offensichtlich aus Deutschland stammender Beitrag stellte lapidar fest, dass derartiger Bildungsnotstand „typisch für die Ösis" sei.

Dabei kann man nur einen Mausklick weiter bei einer ähnlichen, diesmal in Deutschland gemachten Befragungsaktion unter Jugendlichen interessante Ansichten über Jesus und Christus hören: Die beiden seien Freunde gewesen und hätten einer „Gang" angehört. Auch die doch recht komplexen Fragen, wie groß denn diese Gang gewesen sei und ob er noch andere Gangmitglieder kenne, brachten den jungen Mann nicht in Verlegenheit:

Insgesamt, erwiderte er, ohne auch nur eine Sekunde zu zögern, seien das „sechs Typen" gewesen. Neben Christus und Jesus gab es da noch „Judas, Goliath, Mohammed und Adam".

Bei derselben Umfrage meinte ein anderer vielversprechender bundesdeutscher Heranwachsender, Jesus und Christus seien „Kusengs" gewesen, wobei „Kuseng" der korrekte hochdeutsche Ausdruck für den bei uns geläufigen Begriff „Cousin" ist.

An dieser Stelle kommen wir nicht umhin, eine kleine Anekdote einzufügen – denn die Jesus und Christus betreffende „Zwei-Personen-Existenz" erinnert sehr an den Ausspruch eines aus vielen Gründen legendären Kärntner Landeshauptmannes.

Konfrontiert mit der Frage, ob aggressiver Stil nicht das politische Klima vergiften könnte, erwiderte dieser mit einem treffsicheren Vergleich: Auch die Boxer Muhammed Ali und Cassius Clay hätten schwere Kämpfe gegeneinander ausgetragen und sich danach trotzdem bei einem Bierchen friedlich miteinander unterhalten.

Zurück zu unserem Mikromann: Seine Auffassung, Jesus sei der Sohn von Maria und Josef, ist natürlich mit dem christlichen Glauben nicht vereinbar. Denn nach diesem ist Jesus bekanntlich der Sohn Gottes und der heilige Josef sein ihm sozusagen beigestellter Nährvater.

Hätte der Mikromann seine Ansicht vor dreihundert Jahren vertreten, wäre er möglicherweise wegen Ketzerei angeklagt worden. Im Falle eines Schuldspruchs hätte das letal enden können. Denn im Gegensatz zu einem weitverbreiteten Irrglauben waren Ketzer-, Hexer- und vor allem Hexenverfolgungen keineswegs christliche Praxis ausschließlich im angeblich so finsteren Mittelalter.

Auch die Neuzeit wurde nicht nur durch das Licht der Aufklärung erhellt, sondern leider auch durch unzählige Scheiterhaufen.

Als letzte, sogenannte „legale" Hexenhinrichtung in Europa gilt der Henkertod der Anna Göldi in der Schweiz im Jahr 1782. In jenem Jahr also, in dem in Österreich der aufgeklärte Absolutismus seinen Höhepunkt erreichte – mit der Verkündigung des zweiten Toleranzpatents durch Kaiser Joseph II., der damit nach den Protestanten auch den Gläubigen des mosaischen Bekenntnisses, also den Juden, das Ausüben ihrer Religion gestattete.

Kleine Randbemerkung dazu: Das Todesurteil durch das Schwert gegen Anna Göldi wurde übrigens von einem ausschließlich mit evangelischen Mitgliedern besetzten Gericht gefällt. Dies soll aber die Sinnhaftigkeit des ersten Toleranzpatents von Joseph II. nicht in Frage stellen. Bei diesem Joseph II. handelt es sich übrigens um den Sohn von Maria Theresia und Franz Stephan und nicht um jenen von Maria und Josef.

Wie angedeutet hätte die Leugnung der göttlichen Abstammung Jesu dem Mikromann seinerzeit beträchtliche Probleme bereiten können. Es sei denn, er hätte sich rechtzeitig in ein islamisches Land abgesetzt, also zum Beispiel in das Osmanische Reich.

Denn für Muslime gilt Jesus oder „Isa Ibn Maryam" zwar als Prophet, nicht aber als Gottessohn. „Isa Ibn Maryam" heißt natürlich nichts anderes als „Jesus, Sohn der Maria".

Und gäbe es im Islam nicht das allseits bekannte Bilderverbot, dann würde Maryam selbstverständlich immer mit Kopftuch dargestellt werden. So tritt uns die Gottesmutter aber ja ohnehin auch auf den meisten christlichen Marienbildern gegenüber: auf byzantinischen Ikonen ebenso wie als Sixtinische Madonna von Raffael.

Und wir gehen davon aus, dass auch in Zukunft die größten heimischen Kopftuchverbots-Hysteriker, egal ob katholischer oder deutschnationaler Provenienz, nicht damit anfangen werden, Mariendarstellungen zu übermalen.

Das steht jedenfalls auf unserer Weihnachtswunschliste.

Was feiern wir also zu Weihnachten? Erstens den Frieden und zweitens die Toleranz. Und drittens die Hoffnung, dass weder sakrale noch säkulare Einrichtungen Frieden und Toleranz gefährden mögen.

Weihnachtsessen – einst und heute

CHRISTMAS: A day set apart and consecrated to gluttony, drunkenness, maudlin sentiment, gift taking, public dullness and domestic misbehavior.

WEIHNACHTEN: Ein Feiertag, geweiht der Völlerei, der Trunkenheit, sentimentalen Gefühlen, Geschenkannahme, offen zur Schau gestellter Einfalt und häuslichem Fehlverhalten.

In: „The Devil's Dictionary", erschienen 1911

Ambrose BIERCE
US-amerikanischer Satiriker
1842–1914

Dem Menschen ist es natürlich, durch das Sinnliche zur Erkenntnis des Geistigen zu gelangen.

Thomas von AQUIN
Italienischer Dominikaner, Theologe und mittelalterlicher Sozialtheoretiker
1224–1274

Als äußeres Zeichen für die schändliche Verweltlichung des Weihnachtsfestes werden häufig die opulenten Tafelfreuden angesehen, welche die Festtage begleiten. Diese Sichtweise teilen nicht nur wohlgenährte streng katholische mit untergewichtig schmallippigen protestantischen Gläubigen. Nein, auch viele andere, konfessionell völlig ungebundene Esoterikerinnen und ihre männlichen Pendants beklagen, dass dieses Friedens-,

Glücks- und Freudenfest in erster Linie als höchst opulente Fress- und Sauforgie begangen wird.

„Der ganze Wahnsinn beginnt am Heiligen Abend!", meint dazu etwa Golo, der Wiener IT-Fachmann und frischgebackene Veganer, der uns bereits im Adventkalenderfenster vom 20. Dezember gemeinsam mit seiner Lebensgefährtin Alwine begegnet ist.

„Riesige Karpfenstücke werden da verzehrt! Und in manchen Familien, die vor gar nichts zurückschrecken, paniert man sogar den Rogen und die Milch des Karpfens, bäckt sie in heißem Fett und isst das Ganze dann mit Mayonnaisesalat. Wissen Sie überhaupt", fragt Golo mit jenem arroganten Unterton in der Stimme, wie er weltweit nur bei Bürgersöhnen aus Wien-Döbling auftritt, „wissen Sie überhaupt, was Karpfenrogen und Karpfenmilch sind?!"

„Natürlich!", entgegnet der eine von uns. „Karpfenrogen sind die Eier des weiblichen Karpfens. Das weiß doch hierzulande jedes Kind!"

„Aha!", meint Golo überlegen. „Aber was ist bitte dann die Karpfenmilch?"

„Der Samen des männlichen Karpfens!", erwidert daraufhin der andere von uns, lacht fröhlich und leckt sich die Lippen. „Eine Delikatesse – mit ein bisserl Zitrone auf der Panier!"

Golo, der Veganer, wechselt blitzartig seine Gesichtsfarbe von winterurlaubs-bronzefarben auf speiübel-grün, schweigt aber vornehm.

Die aus Schruns-Tschagguns stammende Alwine wird dafür umso redseliger.

„Also, wir in Vorarlberg haben am Heiligen Abend nie solche Grauslichkeiten gegessen. Sondern immer nur diese herrlichen Kalbsbratwürstel mit Sauerkraut. Schließlich ist der Heilige Abend ein Fasttag. Da frisst man nicht panierte Fischinnereien!"

Geschätzte hochgebildete Leserin, lieber redlich bemühter Leser, wir sehen vor unserem geistigen Auge Ihre Verwirrung. Und, bitte, glauben Sie uns, wir können Ihre Irritation hundertprozentig nachvollziehen.

Denn eines ist ja völlig klar:

Natürlich „frisst“ man – um Alwine nochmals wörtlich zu zitieren – am Heiligen Abend als fundierter katholischer Christ tausendmal lieber Karpfensperma als aus Warmblütlern gewonnene Wurstwaren!!

Gemeinsam haben wir ja in einem theologisch relativ anstrengenden Kapitel des zweiten Teiles dieses Buches ausführlich dargelegt, dass früher der Heilige Abend nicht nur ein Fasttag, sondern sogar ein Abstinenztag war.

Und an einem solchen war zwar das Verzehren von Fisch erlaubt, jeglicher Fleischkonsum aber untersagt. Außer das Fleisch stammte von wasseraffinen Tieren. Aber das Kalb ist nun einmal weder Biber noch Fischotter. Trotzdem werden und wurden angeblich auch seinerzeit aus Kalbfleisch hergestellte Würste in einigen streng katholischen Gegenden Österreichs traditionsgemäß am Heiligen Abend verzehrt – nicht nur in Vorarlberg, sondern auch in Tirol, Salzburg und in Kärnten. Und nicht nur Kalbswürstel, sondern auch solche aus Rind-, Lamm- oder Schweinefleisch wurden in rohem oder geselchtem Zustand gesotten oder gebraten vor dem Lichterbaum den christgläubigen Familienmitgliedern kredenzt.

Eindeutige Vorlieben für Karpfen am Heiligen Abend konnten wir nur in Wien, Niederösterreich und der Steiermark orten.

Im Burgenland herrscht für uns ein gewisses Tohuwabohu: Einerseits wird hier davon gesprochen, dass man an diesem ehemals strengen Fasttag bis heute ausschließlich Fische verzehre. Und zwar in erster Linie solche aus dem Neusiedlersee. Der ist ja bekannt für seinen beachtlichen Reichtum an delikaten Welsen, Zandern, Karpfen und Hechten. Dieses ist würdig und recht, gebührend und heilsam und würde das Burgenland eindeutig der streng katholischen Fischverzehrfraktion zuordnen. Wenn es da nicht noch andere Quellen gäbe. Diese wiederum benennen ebenso irritierender- wie interessanterweise den *Tafelspitz mit Apfelkren* als „typisches Heiligabendessen mit uralter Tradition im Burgenland“.

Ob dies nun tatsächlich stimmt und möglicherweise auf die historische konfessionelle Gespaltenheit zwischen Katholiken und Evangelischen im ehemaligen Westungarn zurückzuführen ist – das konnten wir leider nicht eruieren.

Vielleicht war der „Tafelspitz als traditionelles Heiligabendessen des Burgenlandes" ja auch nur ein PR-Gag. Und zwar von einem gewissenlosen agnostischen ukrainischen Fleischhauer, der sich davon eine Steigerung seines Absatzmarktes erwartete. Dies meinte jedenfalls Ordensschwester Pia Maria Dolores, als wir nach langer Durststrecke endlich wieder einmal ein paar Fläschchen Klosterlikör und Klosterschnaps bei ihr erwarben. So sehr wir die Spirituosen von Pia Maria Dolores schätzen, so wenig können wir als kritische Geister ihrer Theorie vom ukrainischen Großfleischhauer etwas abgewinnen. Es gibt keinen solchen in Österreich. Keinen einzigen, vom Neusiedler- bis zum Bodensee. Wir haben Schwester Pia Maria Dolores inzwischen bereits vor diesen Fake News gewarnt. Sie hat uns hoch und heilig versprochen, in Hinkunft beim Surfen in den sozialen Netzwerken vorsichtiger zu sein. Sie wird nur mehr das glauben, was ihr der Vatikan direkt twittert. Wir meinen: Bei einer katholischen Ordensschwester sollte das eigentlich selbstverständlich sein.

Bleibt nur ein Bundesland, das wir in diesem Zusammenhang hier noch nicht erwähnt haben – nämlich Oberösterreich. Und das ist besonders interessant. Denn es weist bei der Speisenauswahl für den Heiligabend eine ähnliche Dialektik auf wie das Burgenland.

Auch in Oberösterreich gilt nämlich der gebackene Karpfen als *das* traditionelle Heiligabendessen – darüber sind sich zahlreiche Ernährungshistoriker einig. Ebenso einig sind sie sich aber auch darüber, dass dortzulande ebenso traditionell die „Schnittlsuppe" serviert wird. Und die Schnittlsuppe ist eine Brotsuppe mit gekochtem Schweinefleisch!

Doch jetzt kommt der entscheidende Punkt: Die Schnittlsuppe wird erst *nach der Christmette* gegessen. Heureka! Damit war und ist traditionell katholisch alles in Ordnung.

Denn: Nach der Christmette ist der Heilige Abend vorbei – und damit auch der seinerzeit noch gültige strenge Fasttag. Nach der Mette beginnt der Christtag. Auch, wenn die Mette schon am Heiligen Abend um zweiundzwanzig Uhr fünfundvierzig enden sollte.

Frohlockend dürfen wir daher verkünden:

Freigesprochen seid Ihr also, Ihr Oberösterreicher, von der Sünde der Verletzung des strengen Fastengebots, denn ihr aßt das gekochte Saufleisch in der Suppe ja erst, als der Morgen des ersten Weihnachtstages bereits sein Dämmern ankündigte!

Gut, passt. Trotzdem – Frage: Wie ist das dann mit den Würstlessern und ihren weiblichen Pendants aus Vorarlberg, Tirol, Salzburg und Kärnten? Denn für sie alle ist uns keine Regel überliefert, nach der sie ihre Würstel erst nach der Christmette essen durften – so wie die braven Oberösterreicher ihr Schnittlsuppenfleisch. Und die Würstelesser frönten dem Würstelessen ja auch schon zu einer Zeit, als es eben noch edelste Katholikenpflicht war, die Fleischabstinenz am Heiligen Abend einzuhalten! Wird also den Vorarlbergerinnen, Tirolerinnen, Salzburgerinnen und Kärntnerinnen, samt ihren männlichen Pendants, dieser unredliche Fleischkonsum am Jüngsten Tage zum Vorwurf gemacht werden?

Nein, nein und noch einmal nein, sagen wir.

Wir wissen das zwar nicht hundertprozentig, aber wir glauben: nein. Das Würstelessen wird dereinst kein Grund für die ewige Verdammnis sein. Und zwar aus zwei Gründen. Der erste ist sehr katholisch, der zweite sehr agnostisch.

Kommen wir zuerst zum sehr katholischen Grund.

Soweit wir in unseren Untersuchungen feststellen durften, endete der Heilige Abend in früheren Zeiten je nach Diözese unterschiedlich: Nämlich entweder – wie schon gesagt – mit dem Ende der Christmette, die irgendwann zwischen zehn und zwölf Uhr nachts beginnt und dementsprechend zwischen dreiviertel elf und ein Uhr nachts endet.

Oder aber eben viel früher! Nämlich nach der Vesper, dem Abendgebet.

Und die Vesper endet – selbst nach strengen Klosterordensgebräuchen – im Regelfall spätestens um sieben Uhr abends. Nach dieser Interpretation war der *Heilige Abend* und damit der *Abstinenztag* vor dem Nachtmahl vorbei. Die Bevölkerung Vorarlbergs, Salzburgs, Tirols und auch jene des Kärntnerlandes konnte sich also locker und unbesorgt, da sie kein Kirchengebot verletzte, ihre Würstelvielfalt hineinschrauben, ebenso wie die Burgenländer ihren Tafelspitz.

Resümee: Hundertprozentige katholische Absolution für alle Fleisch- und Wurstesser zwischen Boden- und Neusiedlersee – wenn wir das richtig recherchiert haben.

Wenn nicht, dann haben wir für deren Unschuld noch immer die schon erwähnte zweite Entlastung parat – die sehr agnostische:

Selbst Glaubenszweifler wie wir imaginieren ja gelegentlich in Stunden der auch uns widerfahrenden Kontemplation eine allüberstrahlende Wesenheit, die allumfassende Gerechtigkeit und Milde ausstrahlt. Dass ein solches Gottesbild kein zwangsneurotischer Griesgram sein kann, der Würstelessverbotsübertreter mit Fegefeuerstrafmandaten belegt, versteht sich wohl von selbst.

Also auch von unserer Seite: absolute Absolution für die Fleisch- und Wurstesser!

Doch jetzt zurück zum Eingangsgedanken dieses Kapitels.

Ist es wirklich so, dass erst „unsere Zeit“ das opulente Weihnachtsmahl gebracht hat? Und damit die angebliche oder tatsächliche Profanisierung des Weihnachtsfestes?

Das wollten wir herausfinden. Dabei war uns eines von vorneherein klar: Lebende Zeitzeuginnen und Zeitzeugen können uns wertvolle Hinweise geben. Verifizierbar sind diese aber nur durch einschlägige schriftliche Quellen. So legten wir zuerst einmal zahllose digitale Tonaufzeichnungen von Gesprächen mit erfahrenen Christtags- und Stephanitags-Essern verschiedener Generationen an.

Doch dann begann die wirkliche Arbeit.

Wir durchwühlten Bibliotheken, brachen in Internet-Dateien ein und beteiligten uns an verschwiegenen Orten an Auktionen, um uralte Kochbücher zu ergattern.

Dabei entdeckten wir Erstaunliches.

Und wir konnten einige der angeblichen Tatsachen als das, was sie sind, entlarven: Mythen und Legenden.

Dazu ein Beispiel:

Frau Oberschulrat Amalia Wurzinger, verdiente Regionalhistorikerin und ehemalige Volksschuldirektorin im idyllischen Örtchen Kleinwipfing an der Mittleren Tulln, erklärte uns im Gespräch:

„Früher, wie ich jung war, da hat selbstverständlich jeder in ganz Österreich am Christtag ein Gansl gegessen. Erst durch diese ganze Amerikanisierung ist dieses relativ kleine Gansel durch diesen riesigen bladen Truthahn ersetzt worden! So wie übrigens auch der 31. Oktober, der traditionelle österreichische Weltspartag, wegen dieses ganzen Amerikanisierungswahnsinns jetzt Halloween heißen muss. Da haben die Wiener Sozis – *Hello Wien!* Sie wissen, was ich meine! – und die ganze New Yorker Ostküste sehr gut zusammengespielt, das sag ich Ihnen!"

Wir wollen in diesem Zusammenhang hier nur auf die Truthahnthese von Frau Oberschulrat Wurzinger eingehen. In dem legendären Kochbuch von Hans Ziegenbein und Julius Eckel aus den 1920er-Jahren, das manche als „den Plachutta der Zwischenkriegszeit" bezeichnen, liest man unter dem Titel „Speisenfolge für festliche Gelegenheiten im Dezember" Folgendes:

Jägersuppe
Seezungenfilet „Elisabeth"
Indian, mit Maroni gefüllt und Endiviensalat
Schokoladeauflauf und Mokka

Es wird also – Jahrzehnte, bevor eigenartige altirische Gebräuche wie Halloween hierzulande vermarktet wurden – bereits der „Indian", also die Pute oder der Truthahn, als Hauptgang eines Festmahls im Dezember vorgeschlagen.

Korrekterweise soll aber hinzugefügt werden, dass in demselben Kochbuch als „Weihnachtsmenü für den Christtag" Vorschläge für das Mittag- und Abendessen nachzulesen sind, in denen der Indian keinen Platz findet:

Mittags:
Fischbeuschelsuppe
Karpfen, gebacken, mit Mayonnaisesalat
oder:
Rehrücken mit Ribiselgelee, Kartoffelkroketten und Vogerlsalat
Apfelstrudel und Mokka

Abends:
Verschiedene kalte Vorspeisen
Geflügelsuppe
Ente mit glacierter Sellerie und Petersilienkartoffeln
Plumpudding mit Rumsauce
Käse
Mokka

Drei Dinge sind hier interessant. Erstens: Die tatsächlich von vielen Österreichern als *das* Christtagsessen gesehene Weihnachtsgans wird in diesem Kochbuch mit keinem Wort erwähnt. Zweitens: Der gebackene Karpfen „schwimmt" sozusagen bei Eckel und Ziegenbein vom Heiligen Abend auf den Christtag als einer von zwei möglichen Vorschlägen für den Hauptgang des Mittagessens. Und drittens ist es schon erstaunlich, dass man im gutbürgerlichen Haushalt der 1920er-Jahre hierzulande sowohl zu Mittag als auch am Abend offenbar jeweils mehrgängige Menüs kredenzte. Sofern man es sich leisten konnte.

Apropos „gutbürgerlich": Im Wiener Biedermeier in den Zeiten eines Johann Strauss Vater und Joseph Lanner begann sich in der Wienerstadt und in ihren Vorstädten ein wohlhabendes und selbstbewusstes Bürgertum zu entfalten. Als Beispiel dafür seien die Tuch- und Seidenfabrikanten vom „Brillantengrund" angeführt – heute ein Teil des siebten Wiener Gemeindebezirks Neubau. Aus dieser Biedermeierzeit haben wir ebenfalls ein bedeutendes Kochbuch entdeckt, nämlich das „Neue Universal oder Große Wiener Kochbuch" der Anna Dorn aus dem Jahr 1827.

Für große Haushaltungen mit viel Gesinde werden hier zahlreiche Gerichte der Weihnachtsfeiertage vorgeschlagen. Aber auch für den normalen bürgerlichen Haushalt unterbreitet Meisterköchin Dorn Menüvorschläge, deren Opulenz selbst uns Heutige, die wir durch Überfluss verwöhnt sind, in Erstaunen versetzen.

Aber lesen Sie selbst:

Heiliger Abend:
Fischbeuschelsuppe
Gebackener Eyerkäse
Sauerkraut mit gebackenem Hecht
Mandelkäse
Abgeschmalzener Stockfisch mit Zwiebeln
Schlangenkuchen
Gebackener Karpfen
Gesulzter Äpfelsalat

Christtag:
Kaisersuppe
Braunes Rindfleisch
Kapaun mit Sauerkraut
Französische Carbonaden
Pastete von Hühnern
Gebratene Gans
Salat
Brösel-Torte
Obst
Gewürz-Stangeln

Stefanitag:
Nudelsuppe
Rindfleisch in Most
Blauer Kohl mit Bratwürsten
Heißabgesottene Hühner
Gebratener Kalbschlegel
Zwetschgen-Compot

„Ja mei!", erklärt uns dazu Bartl Gamsbichler, Hüttenwirt in Peter Roseggers Waldheimat, „in der Stadt haben die verweichlichten Leut' schon immer g'fressen wie die Fürsten! Aber nicht da bei uns am Land. Im 19. Jahrhundert, da hat sich eine steirische Bauernfamilie schon alle zehn Finger abg'schleckt, auch wenns nix anderes kriegt haben als wie nur einen gut abgschmalzenen Sterz am Heiligen Christtag!"

Bartl trägt dies mit dem ganzen Pathos seines obersteirischen Dialekts vor, und wir glauben ihm jedes Wort. Mehr noch: Wir sehen den kleinen Waldbauernbuben geradezu vor uns sitzen, wie er, umringt von seiner Familie, den Mägden und Knechten ein spindeldürres Ärmchen ausstreckt, um sich aus der einzigen, mitten am Tisch stehenden Schüssel mit seinem Holzlöffel ein wenig von dem Sterz zu nehmen, der seine einzige, karge Weihnachtsfreude ist.

„Das könnt's ihr alles nachlesen beim Peter Rosegger!", fügt Bartl hinzu. Und das haben wir dann auch getan. Wir lasen die Erzählung „Festmahl am Ziselhofe".

Darin beschreibt Peter Rosegger, wie er Anfang der 1860er-Jahre als Schneiderlehrling mit seinem Meister auf einer Stör beim Ziselhofer war und dort zum Christtagessen eingeladen wurde. Als „Stör" bezeichnete man die Arbeit eines umherziehenden Handwerkers im Haus des Auftraggebers.

Der Ziselhofer war ein Großbauer. Und da durfte es für die Familie, das Gesinde und die Gäste schon ein bisserl mehr sein, als nur der abgeschmalzene Sterz. Wie sich das Festessen allmählich in Szene setzte, das lassen wir Meister Rosegger selbst beschreiben:

„Zuerst kam eine große Schüssel würziger Rindsuppe, in welche der Bauer mit würdiger Opferhand Weißbrot schnitt. Die Suppe aßen wir aus der gemeinsamen Schüssel. So auch aus der zweiten Schüssel das reichlich mit Speck eingebrühte Grubenkraut, dessen Erinnerung noch heute imstande ist, mir in Zähnen und Gaumen begehrliche Gelüste zu wecken. Dann kam wieder eine Schüssel mit Rindsuppe, in welcher sich ein Schock dampfender Weizenknödel mit Semmel und Speck gefüllt herumwalkte."

Nach diesem dreigängigen Einstieg gab es folgende süß-saure und pikante Speisenfolge:

Gekochtes Rindfleisch mit Kren
Gesulzte Schweinsfüße in Sulz
Gezuckerte große viereckige Krapfen
Zwetschken-Kompott
Schweinsbraten mit roten Rüben
Schmalzkoch mit Korinthen und Zibeben
Branntweinnudeln (kleine Krapfen, mit Branntwein und Zucker übergossen)
Milchrahmkaffee mit Semmel

Fassen wir zusammen: Das üppige Weihnachtsmahl ist also keine Erfindung der Wirtschaftswunderzeit nach dem Zweiten Weltkrieg. Jene, die es sich leisten konnten, feierten auch schon in früheren Zeiten den Geburtstag des Erlösers nicht ausschließlich mit Gebeten und Gesängen, sondern auch mit kräftigenden und den Gaumen erquickenden Mahlzeiten.

Niemand kränken – Freude schenken

Das wahre Geschenk besteht nicht in dem, was gegeben oder getan wird, sondern in der Absicht des Gebenden oder Handelnden.

Lucius Annaeus SENECA
Römischer Philosoph, Politiker und Schriftsteller
4 v. Chr.–65 n. Chr.

Zu Weihnachten schenkt man gerne und man wird gerne beschenkt. Aber finden Sie nicht auch, dass die Geschenkannahme heute in Misskredit geraten ist?

Ein kurzer Blick zurück: Fotos aus früheren Jahrzehnten belegen, dass es üblich war, um die Weihnachtszeit den Polizisten, der die Wiener Opern-Kreuzung regelte, mit kleinen Präsenten zu erfreuen. Mit Likör, Ribiselwein, Küfferle-Katzenzungen oder Smart-Export-Zigaretten. Auf solche und ähnliche Weise pflegte man sich auch bei den Angehörigen anderer Berufsgruppen zu bedanken, die das ganze Jahr über die Bürgerinnen und Bürger mit ihren Dienstleistungen erfreut hatten. Etwa bei den Briefträgern. Die haben als Postillions d'Amour den Verliebten nach Parfüm duftende Liebesbriefe geliefert und den Rentnern das bescheidene Monatsgeld. Oder bei den Rauchfangkehrern, die Kamine kehrten und durch ihren Anblick die Hoffnung auf unfassbar hohe Gewinne in der Österreichischen Klassenlotterie nährten. Auch Kindergärtnerinnen und Schullehrer pflegten nicht mit leeren Händen am letzten Kindergarten- oder Schultag vor Weihnachten nach Hause zu gehen.

Heute ist so etwas weitgehend verpönt.

Ist das bei Licht betrachtet nicht etwas eigenartig? Dass unsere Zeit schwarze Offshore-Konten, Bankspekulationsgeschäfte mit Kundengeldern und international betriebenen Steuerbetrug durch Großkonzerne nicht sonderlich verwerflich zu finden scheint? Dafür aber Antikorruptionsbehörden engmaschig zu ermitteln beginnen, wenn man dem Kindergartenpädagogen eine Kleinpackung Mon Chérie, der Briefträgerin ein Sackerl mit Lindor-Kugeln und der Rauchfangkehrerin ein Fläschchen Prosecco anlässlich des nahenden Weihnachtsfestes schenken will?

Da ist rasch von Bestechung auf der einen und von unerlaubter Geschenkannahme auf der anderen Seite die Rede.

Wie hat das schon in den 1980er-Jahren das heimische Pop-Idol Falco zu formulieren gewusst? *Manche Schenkung wird zur Kränkung, jeder Schenker tut sich schwer.*

Und zwar nicht nur deshalb, weil man leicht „mit einem Bein im Kriminal stehen tut!", wie das Frau Pschylowitz, die resolute Hausmeisterin von der Vierer-Stiege eines Wiener Gemeindebaues nicht ohne verschwörerisches Augenzwinkern erklärt.

„Sondern auch, weil die Leut' eh schon alles haben heutzutage!" So formuliert dies in der Buchhandlung, die auch wir gerne aufsuchen, Herr Schneiderhahn, ein pensionierter Oberamtsrat der Wiener Stadtverwaltung. Er fügt aber sich selbst widersprechend und zum Verkäufer gewandt hinzu: „Haben Sie schon den neuen Ken Follett? Den hab ich nämlich noch nicht!"

Ergo haben wir alle auch heutzutage noch nicht alles.

Herr Oberamtsrat Schneiderhahn hat aber natürlich grundsätzlich vollkommen recht: In West- und Mitteleuropa besitzen wir alle erstaunlich viel. Aber – das meiste davon ist veraltet. Dinge des täglichen Gebrauchs altern nämlich unfassbar schnell. Ein drei Jahre altes iPhone wird von der Umwelt bestaunt wie ein bronzezeitliches Artefakt. Der Eigner eines solchen vorsintflutlichen Fernsprechkommunikationsgerätes darf sich über schlechte Nachrede nicht wundern.

„Hast du das Handy vom Marcel gesehen?"

„Ja, furchtbar, gell? Ein Wahnsinn! Das ist ja uralt. Dass sich der nicht geniert, das in aller Öffentlichkeit auch noch zu benutzen!"

„Hör zu. Die Selina hat mir unter dem Siegel der Verschwiegenheit anvertraut: Er soll vor dem Privatkonkurs stehen, der Marcel!"

„Na, das wundert mich jetzt gar nicht! Wenn sich einer nicht einmal mehr ein Handy leisten kann …"

Nun ja – Handys altern ja vor allem deshalb schnell, weil sich die Moden des Designs und die Pixelzahlen der eingebauten Kameras blitzschnell ändern.

Bei Küchengeräten ist das nicht so.

Die Kühlschrank-, Geschirrspüler- oder Waschmaschinenmode wechselt nicht im Jahrestakt. Trotzdem haben sich auch diese Geräte, die früher im Geruch beachtenswerter Langlebigkeit standen, von eben dieser Langlebigkeit schon seit Längerem verabschiedet.

Wir zwei erinnern uns noch an elektrische Haushaltsgeräte, die uns durch unsere gesamte Kindheit und Jugend, bis hinein in die frühe Adoleszenz begleiteten. Der eine von uns sieht vor seinem geistigen Auge die erste Waschmaschine seiner Mutter namens „Meisterstück", die sagenhafte zweiundzwanzig Jahre tadellos ihren Dienst versah. Der andere hat Tränen in den Augen, sobald er an den Kühlschrank seiner Kindheit zurückdenkt. Der war ein robustes Gerät der Firma „Bosch". Und kühlte unter nimmermüdem, fast zärtlichem Brummen fünfundzwanzig Jahre lang Lebensmittel.

Heute ist das alles anders.

Durch den enormen technologischen Fortschritt konnte die Lebensdauer sämtlicher Haushaltsgeräte drastisch reduziert werden. Gerüchten zufolge erledigt dies jeweils ein Chip, der in Kühl- und Gefrierschränken, Staubsaugern, Wasch- und Geschirrspülmaschinen implantiert ist. Bereits fünf Minuten nach dem Ende der gesetzlich vorgeschriebenen Gewährleistungs- beziehungsweise der vom Hersteller eingeräumten Garantiefrist leitet der Chip den Countdown für den Selbstzerstörungsprozess ein.

Dieser verläuft im Regelfall völlig unspektakulär.

Es gibt weder einen dumpfen Knall noch Rauchentwicklung. Kein sirenenähnlicher Ton wird hörbar. Das Gerät ist nur schlicht und einfach hin und bleibt das auch.

Nun könnte man meinen, dass das regelmäßige Kaputtwerden von Haushaltsgeräten die Stressbelastung für den Schenkenden lindern, im Optimalfall sogar vollständig beseitigen könnte.

Dazu ein paar Beispiele:

Mutti sieht sich das fällige Gewährleistungsende von Vatis vollautomatischem Staubsaugerroboter an und schenkt Vati zum nächsten Weihnachtsfest einen neuen, viel besseren Roboter. Einen, der während des Saugens noch zusätzlich automatisch das Heavy-Metal-Oldie-Programm, das Vati so mag, von Spotify streamt und im ganzen Haus überträgt.

Vati wiederum tut das Gleiche beispielsweise bei Muttis Waschvollautomaten. Und als Mutti just am Heiligen Abend einen Nervenzusammenbruch erleidet, weil das Spezialschonwaschprogramm genau dasselbe tut, was Schlag neun Uhr dreißig auch alle anderen siebenundsechzig Waschprogramme ihres Waschvollautomaten tun, nämlich nichts, ist Muttis Nervenzusammenbruch nicht von langer Dauer.

Denn schon um achtzehn Uhr, als das Englein das Bescherungsglöckchen läutet, wird alles sogleich wieder gut. Der strahlende Abglanz des Weihnachtsbaums umschmeichelt mit seinem warmen, goldenen Licht einen Waschvollautomaten der allerneuesten Generation. Den hat Vati schon vorausblickend für Mutti gekauft.

Und dieser Waschvollautomat wäscht nicht nur wie sein Vorgänger die gesamte Buntwäsche weißer denn je, nein, er bestellt auch gleich per Internet sämtliche Waschmittel, Weichspüler und Antikalkzusätze, die auszugehen drohen. Darüber hinaus bezahlt er das Ganze per Kreditkarte und dirigiert via GPS die Lieferdrohne direkt durchs offene Kellerfenster in die Waschküche.

All das Schenken könnte so einfach sein, ist es aber nicht.

Nicht mehr, muss man präzisierend sagen.

Früher, als wir Kinder waren, in der Nachkriegszeit, schenkte man einander praktische Sachen. Fäustlinge, Schischuhe, Unterwäsche, Socken sonder Zahl und einmal in zwanzig Jahren auch eine Waschmaschine oder einen Kühlschrank.

Aber postmoderne Menschen schenken einander zu Weihnachten nichts Brauchbares, sondern etwas „Liebes“. Einen ganz persönlichen Duft, ein kleines Accessoire, wie vielleicht eine von der Perlentaucherin handsignierte Zuchtperle für die Krawattennadel.

Auch ein mit dem Blut eines zertifiziert biologisch aufgezogenen Ferkels hergestelltes Schüttbild von Hermann Nitsch wäre ein spannendes, allerdings doch recht kostspieliges Geschenk.

Oder Sie schenken einfach ein extrem kostengünstiges, wunderbares Weihnachtsbuch zweier engagierter Austrologen, die sicher auch bereit sind, dieses Exemplar ihres Werkes nach Entrichtung eines überschaubaren Obolus zu signieren.

Nach dieser kleinen, dem derzeit herrschenden Zeitgeist geschuldeten Werbeeinschaltung, werden wir wieder ernsthaft.

Mehr oder weniger.

Denn es gibt offensichtlich einen riesigen Markt für sogenannte „originelle" Weihnachtsgeschenke und vor allem für solche, die sich dafür halten.

Unsere abenteuerlichen Reisen durch das Internet brachten Weihnachtsgeschenk-Fundstücke zutage, von denen wir unsere Lieblingsstücke hier bereitwillig vorstellen:

Man kann ihn wirklich kaufen, den „Stern, der deinen Namen trägt" – den „Kevin" im Sternbild des Uranus oder die „Jennifer" im Andromeda-Nebel. Angeblich geht das völlig problemlos. Man bekommt sogar eine Urkunde, die diesen fantastischen Vorgang belegt. Ob das weltweit und in allen Nebenuniversen auch anerkannt wird, erscheint uns bei den derzeit gehandelten, sehr günstigen Sternnamenvermarktungspreisen, die bei etwa 20 Euro beginnen, aber doch recht zweifelhaft.

Wer Wadl zeigen und gleichzeitig gern von Adel sein will, dem schenkt die geliebte Gemahlin ein günstiges Kombiangebot aus männlichem Schottenrock, genannt „Kilt", und einem Adelszertifikat, mit dem Titel „Laird". Der Laird ist das schottische Pendant zum englischen Lord. Doch ist dieser Titel mit keinerlei lästigen Verpflichtungen verbunden – wie die Vermarkter dieses Adelsprädikats dankenswerterweise betonen. Kein Mensch kann einen dazu zwingen, als frischgebackener Laird in irgendwelchen parlamentarischen Oberhäusern Reden zu halten. Somit ist auch die Beherrschung der englischen Sprache nicht Voraussetzung für diese Erhebung in den knorrigen Adelsstand der Schotten.

Und so läuft dieser rasante soziale Aufstieg ab:

Man erwirbt ein repräsentatives Grundstück von 30 x 30 Zentimetern in einem schottischen Hochmoor, und schon ist man Mitglied der regionalen Upperclass.

Als frischgebackener Laird wird man sich, wenngleich Schotte, trotzdem nicht gleich als Geizhals outen wollen. Sondern sich vielmehr – anlässlich des Weihnachtsfestes im Jahr darauf – bei der Herzensdame mit einem Gegengeschenk revanchieren:

Auch 30 x 30 Zentimeter – am besten gleich das Nachbargrundstück der eigenen Latifundien. Damit ist die wohlgeborene Frau Gemahlin verbriefter Weise nicht mehr nur die Ehegesponsin eines Lairds, sondern eigenständige hochwohlgeborene Lady.

Zahllose Lairds und Ladies bedanken sich folgerichtig im Internet überschwänglich dafür, dass ihnen diese Adelung zuteilwurde. Besonders heben sie die enorme Steigerung im Sozialprestige hervor. Diese erscheint uns absolut nachvollziehbar. Wir hören in unserem geistigen Ohr die anerkennenden Worte an einem Wirtshausstammtisch ganz deutlich:

„Sag, hast du das a schon g'hört? Der Puckinger Willi, der ÖBB-Schaffner, der ist jetzt a schottischer Laird!"

„Echt?"

„Ja! Und seine Alte, die Cilly, weißt eh, die singende Säge vom Kirchenchor ..."

„Ah so ja, Jessas Maria ..."

„Die Cilly ist jetzt eine Lady, eine schottische!"

„Bist du gelähmt, die zwei haben's aber echt weit bracht, alle Achteln! Da zieh' ich sofort vor lauter Ehrfurcht meinen Sombrero. Ich hab nämlich einen Sombrero. Seit Weihnachten bin i a mexikanischer Graf! Conde Navradil mein Name!"

Beide lachen.

Weitere originelle Weihnachtsgeschenkideen, die uns im Internet aufgefallen sind, seien hier noch aufgezählt: die Mini-

Destillieranlage für den ambitionierten Schnaps-Schwarzbrenn-Amateur um läppische einhundertsiebzig Euro, ein Fünzig-Zentiliter-Fläschchen Doppelbockliqueur mit dem zum Feste wunderbar passenden Namen „Heiland“ um günstige 29,90 Euro, ein Stammbaum-Mobile für die engagierte Ahnenforscherin um 28,95 Euro und eine Handtascheninnenbeleuchtung um 24,95 Euro als Orientierungshilfe für die lebensfrohe Nachtschwärmerin.

All das sind Geschenke ohne jeden praktischen Nutzen und liegen somit vollkommen im Trend.

Echte Trendsetter beiderlei Geschlechts werden aber ihren Lieben zum Feste nur das Allerbeste, sprich: etwas kreativ Selbstgemachtes schenken. Dabei sind der individuellen Schöpferkraft und dem energischen Gestaltungswillen keinerlei Grenzen gesetzt. Es ist allerdings ratsam, sich bei der Wahl des Geschenks von eigenen Talenten und bereits erworbenen Fertigkeiten leiten zu lassen.

So sollte sich etwa Vati, der noch nie in seinem Leben einen Knopf angenäht hat, nicht ausgerechnet das Metier der Gobelinstickerei aussuchen, um ein sehr persönliches Weihnachtsgeschenk für Mutti zu machen. Und Mutti, deren Intonationssicherheit schon bei „Hänschen Klein, ging allein in die weite Welt hinein“ an ihre Grenzen stieß, sollte sich ernsthaft fragen, ob es wirklich eine rasend gute Idee ist, für Vati ihre ganz persönliche Karaoke-Version der „Barcarole“ per Homerecording mittels Laptop aufzunehmen.

Jede und jeder sollte sich auf die primären Kreativtalente besinnen, die sie und er besitzt.

Wir haben per Zufall eine Anregung für ein sehr hübsches Weihnachtsgeschenk in Gedichtform gefunden.

Der deutsche Dichter, Übersetzer und Orientalist Friedrich Rückert (1788–1866) hat es geschrieben. Und wir finden es aus mehreren Gründen sehr interessant. Zum einen hat es die Schwiegertochter als Adressatin – was bei einem so persönlichen Geschenk nicht alltäglich ist. In diesem Fall ist der Grund aber leicht nachvollziehbar. Nach dem Tod seiner Frau pflegte die

Schwiegertochter den greisen Dichter und führte seinen Haushalt. Am meisten beeindruckt hat uns an diesem Weihnachtsgedicht aber die originelle Sprachgestaltung, die eher an die Lyrik des ausgehenden 20. Jahrhunderts erinnert als an die des 19.

Aber lesen Sie selbst:

Meiner lieben Schwiegertochter Alma
Weihnachten 1865

Zeitungsbringerin, Fliegenwedelschwingerin, fehllose Jägerin, treffliche Totschlägerin, liebe Beleberin, Kleinmutes Heberin, Sorgenabwenderin, Trostredespenderin, Leidens Abfragerin, Besserungswahrsagerin, Leisanschweberin, Arzeneigeberin, Stundenmahnerin, Zeitvertreibsanbahnerin, Temperaturspürerin, Feuernachschürerin, Witterungskünderin, Lampendochtanzünderin, Morgenbegrüßerin, Abendrastversüßerin, Nachtvorleserin, Bücheramtsverweserin, Allzeitunterhalterin, Gesprächsstoffsentfalterin, Wunschablauscherin, Dienstrollentauscherin, Allesbeschickerin, Allesüberblickerin, Allesbestreiterin, Krankenkostbereiterin, Festgabebedenkerin, Weihnachtsentenschenkerin, Engelverwenderin, Enkelzuspruchsenderin, Ordnerin, Schmückerin, Kopfkissenrückerin, Pfeifenkopfstopferin, Flaschenpfropfentpfropferin, Schlummerbecherfüllerin, kalte Knie Umhüllerin, Nachtruhanwünscherin, wenn ich wachensmatt bin, heimlich schwach schachmatt bin, Treue Mitträgerin, Mitpflegerin neben deiner Schwägerin, Schwiegerkind, Söhnerin, Versöhnerin, Beschönerin, Unbelohnt Taglöhnerin, allzeit frohe Frönerin, Liebliche Verwöhnerin:
Nimm dies Liebeszeichen hin,
Wie ich dir dankbar bin.

Friedrich RÜCKERT

Christkind oder Weihnachtsmann?

Klare Antworten auf häufig gestellte, brennende Fragen

Christmas at my house is always at least
six or seven times more pleasant than anywhere else.
We start drinking early. And while everyone else is seeing only
one Santa Claus, we'll be seeing six or seven.

Weihnachten ist bei mir daheim mindestens
sechs oder siebenmal angenehmer als anderswo. Wir beginnen
schon früh zu trinken. Und während alle anderen nur einen
Santa Claus sehen, sehen wir sechs oder sieben!

W. C. FIELDS
US-amerikanischer Komiker
1880–1946

Wenn die Armen frieren, friert das Christkind aus Liebe mit.

Clemens von BRENTANO
Deutscher Schriftsteller
1778–1842

Am Anfang unserer Recherchen zu dieser heiklen und häufig sehr emotional diskutierten Thematik stand eine Blitzumfrage in unserem Verwandten- und Bekanntenkreis. Die Tatsache, dass sich dabei das Christkind gegenüber dem Weihnachtsmann als das deutlich beliebtere weihnachtliche Sinnbild herauskristallisierte, hat uns nicht sonderlich überrascht; denn ein Großteil der von uns befragten Personen kommt aus Österreich, also sozusagen aus „Christkindls own country“. Hierzulande gibt es ja sogar ein Postamt namens „Christkindl" und einen gleichnamigen Markt in der Bundeshauptstadt Wien. Trotzdem waren wir vom Ausmaß des christkindlichen Sieges doch sehr beeindruckt, um nicht zu sagen: überwältigt!

Von mehr als hundert ohne jede störende notarielle Aufsicht Befragten sprachen sich nämlich lediglich sechs Personen für den Weihnachtsmann aus. Zwei davon sind notorische Coca-Cola-Trinker, eine ist Journalistin bei einer heimischen Qualitätszeitung mit ausgeprägter US-Amerikanophilie, ein anderer ist CEO in der österreichischen Niederlassung einer schwedischen Rentier-Fleischhauerei und dann sind da noch Sopherl und Bertl. Die beiden übriggebliebenen Alt-KPÖler sind kritiklose Fans des russischen Weihnachtsmannes „Djed Moros" alias „Väterchen Frost", den sie irrtümlicherweise für eine glanzvolle Errungenschaft des Sowjetsozialismus halten.

Als Christkind-Befürworter outeten sich Jungfeministinnen, Alt-68er und Hardcore-Katholiken.

Die Jungfeministinnen sehen im Weihnachtsmann oder Santa Claus einen schmuddeligen alten Macho mit bedenklichen pädophilen Neigungen für noch nicht großjährige Elfs aus der Nordpolgegend. Im Christkind hingegen vermeinen sie ein taffes Girl zu entdecken, das noch dazu herausragende Führungsqualtäten in global organisierter Logistik besitzt: Schließlich kommandiert das Christkind weltweit eine ganze Engelsschar im Rahmen der allweihnachtlichen Geschenkeverteilung.

Für die Alt-68er ist Santa Claus eine Schöpfung des Getränkemultis Coca-Cola und somit eindeutig ein Symbol des US-Imperialismus. Das Christkind wird als sein Antagonist gesehen. Und damit als eine symbolische Führungspersönlichkeit im Kampf für die Befreiung der Dritten Welt. Man könnte sagen, als eine Art friedfertiger Che Guevara, aber eben ohne Bart und Kalaschnikow. Unterstützt wird diese Meinung durch die Tatsache, dass auch in Teilen Lateinamerikas, wie zum Beispiel in Südbrasilien, der mit Konzernkapital massiv unterstützte Weihnachtsmann das Christkind als Hoffnungsträger der armen Kinder in den Favelas nicht verdrängen konnte.

Für die Hardcore-Katholiken wiederum ist das Christkind ein uraltes christliches Symbol, das *immer schon* Geschenke an die braven Kinder am Weihnachtsabend verteilt hat. Und zwar schon seit den glorreichen Zeiten des Frühmittelalters, als die Kirche geeint und damit die Welt noch in Ordnung war. Der Weihnachtsmann wird von ihnen als eine Figur gesehen, die von einer unheiligen Allianz aus Protestanten und Atheisten in die Welt gesetzt wurde. Einerseits, um ein uraltes Heiliges katholisches Symbol zu verdrängen, andererseits, um mit dem jeglicher christlichen Konnotation entledigten Santa Claus in allen, auch nichtchristlichen Kulturkreisen profitable Geschäfte machen zu können.

In diesem Punkt ähnelt die Argumentation der wertkonservativen Hardcore-Katholiken jener der Alt-68er in erstaunlicher Weise.

In unserem ständigen Bestreben, liebgewordene Vorurteile richtigzustellen, haben wir uns nach dieser Umfrage an die mühevolle Recherchearbeit gemacht. Wir haben bedeutende Santa-Clausophinnen und Christkindologen interviewt, Bibliotheken durchstöbert und die entlegensten Teile des Internets durchforstet. Ausflüge ins Darknet haben wir allerdings keine unternommen, da es unserem Naturell entspricht, ausschließlich auf legalen Pfaden zu wandeln.

Unser Ziel war es, all das, was vielen als gesichert gilt, zu hinterfragen. Und das, was davon belegbar falsch ist, richtigzustellen.

Frage 1: Wurden schon im Mittelalter Kinder zu Weihnachten beschenkt?

Nein. Wenn materielle Geschenke überhaupt vorhanden waren, was bei der damals allgemein verbreiteten Bauernarmut oftmals nicht der Fall war, dann gab es diese am Nikolaustag oder am Tag davor. In manchen Regionen war der Geschenketag auch der 28. Dezember, der Tag der „Unschuldigen Kinder". Mit diesem Fest wird des in der Bibel erwähnten angeblichen Knabenmords durch Herodes den Großen in Bethlehem gedacht.

Frage 2: Ist der Weihnachtsmann eine „protestantische" Erfindung?
Nein. Der Weihnachtsmann trägt Züge des heiligen Nikolaus, worauf die Bezeichnung „Santa Claus" ja eindeutig Bezug nimmt. Da die reformierten Lutheraner, Zwinglianer und Calvinisten die katholische Heiligenverehrung aber kategorisch ablehnen, waren diese auch keine Fans des *heiligen* Nikolaus. Aus diesem Grund wird von vielen Historikern die These vertreten, dass es Martin Luther war, der den Geschenketag vom 6. Dezember, dem Nikolausfest, auf den 25. Dezember, den „Geburtstag des Heiligen Christ" verlegte.

Aus dem neugeborenen „Heiligen Christ", also dem „Jesuskind", scheint sich im Laufe der Jahrhunderte das engelsgleiche „Christkind" entwickelt zu haben. Dies veranlasst manche Christkindologen zu dem Schluss, Martin Luther sei der eigentliche „Erfinder" des Christkindes.

Tatsache ist aber, dass heute in den meisten Ländern, in denen reformierte christliche Konfessionen vorherrschend sind, der Weihnachtsmann, also der „katholische" heilige Nikolaus, die zentrale weihnachtliche Symbolfigur ist. In den meisten überwiegend katholischen Ländern Europas bringt aber das ursprünglich „lutherische" Christkind die Geschenke.

Das mag konfessionelle Puristen irritieren. Allen anderen wird das aber wohl wie ein glitzernder Hoffnungsschimmer erscheinen.

Denn offensichtlich kann es sogar in Glaubens- und Brauchtumsfragen auf lange Sicht so etwas wie „Kulturaustausch" geben.

Frage 3: Ist das Christkind ein Mäderl oder ein Buberl?
Das ist nicht leicht zu beantworten. Wertkonservative Christen aller Fraktionen werden vermutlich sofort sagen:

„Das Christkind ist natürlich ein Knabe!"

Der ursprüngliche Name „Jesuskind", der etwa auch noch im italienischen Christkind namens *il Bambinello Gesù* lebendig ist, legt das ja auch nahe. *Bambinello*, der *kleine Gschrapp*, ist eindeutig männlich. Das weibliche Pendant, die *kleine Gschrappin*, müsste ja *Bambinella* heißen.

Allerdings, wenn man sich das Christkind aus dem „Struwwelpeter" ansieht, der immerhin doch schon vor einiger Zeit, nämlich 1845, das Licht der Welt erblickt hat, so wird man sagen müssen:

„Das Christkind trägt eindeutig weibliche Züge!"

„Ja, Himmelherrgott, kreiz Teifi eini!", fragt uns Vroni, unsere gereifte Beraterin für oberbayrisches Weihnachtsbrauchtum, „Is unser aller Christkindl am End' gar ein Zwitterwesen, ein Hermaphrodit?"

„Aber geh! Natürlich nicht, Vroni!", erwidern wir. Und fügen beruhigend hinzu: „Das Christkind ist natürlich kein Zwitterwesen. Das Christkind ist androgyn!"

„Ahso!", erwidert Vroni. „Genauso, wie der David Powidl oder die Amanda Lear, gell?"

„Ja!", sagen wir darauf.

Da Sie dafür viel zu jung sind, liebe Leserin und lieber Leser, wird Ihnen der Name *Amanda Lear* möglicherweise nichts mehr sagen. Wir empfehlen Ihnen, sie zu googeln, um sich selbst ein Bild über die Geschlechtszugehörigkeit von Miss oder Mister Lear zu machen.

Frage 4: Ist „Santa Claus" eine Erfindung von Coca-Cola?
Nein, natürlich nicht. Ein bisschen dann aber doch auch wieder schon.

Wir wollen das allerdings historisch-chronologisch abhandeln und flitzen vorerst einmal zurück ins 17. Jahrhundert. Unter den meisten Santa-ClausophInnen herrscht Einigkeit darüber, dass es die Holländer waren, die Santa Claus nach Nordamerika brachten. Jedenfalls wurde in den dortigen niederländischen Kolonien ein *Sinterklaasfeest* gefeiert. Und der heilige Nikolaus war der Schutzpatron von New Amsterdam, dem späteren New York.

Allerdings scheinen die Weihnachtsmänner dieser frühen Tage noch nicht so standardisiert und uniform aufgetreten zu sein, wie das heute weltweit der Fall ist. Da gab es welche mit blauen, gelben oder grünen Wamsen und auch solche mit schwarzen, roten und blonden Bärten.

Nun ist ja, wie man seit nahezu dreißig Jahren weiß, der Kommunismus als großer Gleichmacher kläglich gescheitert. Diese Funktion hat stattdessen mit triumphalem Erfolg der Kapitalismus übernommen. Das erkennt man etwa daran, dass es weltweit überall dieselben Geschäfte gibt.

Ob in Singapur, New York, Moskau oder St. Pölten – nirgendwo muss sich der moderne Tourist von lokalkultureigenen Absonderlichkeiten verunsichern lassen. Überall findet er seinen *McDonald's* und seinen *Starbucks*, wo selbst die WC-Muschel standardisiert ist und damit Vertrauen, Sicherheit und Geborgenheit ausstrahlt.

Im Hinblick auf den Weihnachtsmann hat eine Großtat in Gleichmacherei oder Standardisierung ein Weltkonzern in Sachen Erfrischungsgetränke zustande gebracht:

Schon in den 1930er-Jahren hatte die Firma Coca-Cola in die Weihnachtswerbung *ihren* Santa Claus geschickt. Der war immer rot gekleidet und hatte einen weißen Bart. Darüber hinaus trug er eine ebenfalls rote Mütze. Diese erinnert in ihrer Form an die Kopfbedeckung der Zwerge in Walt Disneys Zeichentrickfilm „Schneewittchen“, hat aber zusätzlich eine weiße Quaste. Inzwischen sehen weltweit so ziemlich alle Weihnachtsmänner gleich aus wie der von Coca-Cola. Der US-amerikanische Cartoonist Haddon Sundblom zeichnete zwischen 1931 und 1964 Weihnachtsmänner mit exakt diesem Outfit für die Coca-Cola-Werbung. Und er hat damit offensichtlich das bis heute vorherrschende Weihnachtsmann-Bild geprägt.

Frage 5: Ist „Väterchen Frost“ eine Erfindung der Bolschewiki?
Nein. Vermutlich, weil er kein religiöses Vorbild wie den heiligen Nikolaus hat, wurde und wird „Djed Moros“ gern als eine nach der Oktoberrevolution eingeführte atheistische Alternative zum christlichen Santa Claus gesehen.

Dabei waren das alte Väterchen und seine ihn stets begleitende Enkelin Snegurotschka – „Schneeflöckchen“ – uralte Sagengestalten. Möglicherweise sogar Relikte aus vorzaristischer, vielleicht gar aus vorchristlicher Zeit. Gesichert belegt ist das aber nicht.

In der noch jungen Sowjetrepublik wurden Djed Moros und Snegurotschka jedenfalls sicher nicht erfunden, ganz im Gegenteil. Sie galten als bourgeoise Relikte und wurden propagandistisch bekämpft. Erst unter Stalins Terrorherrschaft durften sich die beiden wieder frei bewegen und ihre Geschenke verteilen.

Was ein schlagender Beweis dafür ist, dass die Pflege uralter Bräuche nicht unbedingt ein Beleg für staatliche Liberalität sein muss.

Frage 6: Wo und wie leben Christkind und Weihnachtsmann?
Diese Frage zu beantworten fällt uns als deklarierte Christkind-Befürworter und Weihnachtsmann-Ablehner ziemlich schwer: Denn über das Privatleben des Christkindes gibt es wenig bis gar nichts zu sagen. Es lebt vermutlich im Himmel. Und was es dort das ganze Jahr über macht, das wissen wir nicht.

Ganz anders verhält es sich da mit dem Weihnachtsmann. Sein Privatleben ist in zahllosen Büchern und Hollywoodfilmen unterschiedlicher Qualität mehr oder weniger fantasievoll dokumentiert worden.

Wir haben uns mit diesem Material auseinandergesetzt. Und nach Einsatz eines gerüttelt Maß an Quellenkritik können wir eine Reihe von Informationen über das Leben und Wirken des Santa Claus hier einer breiten Öffentlichkeit präsentieren.

Unstrittig erscheint die Tatsache, dass er seinen Hauptwohnsitz am Nordpol hat. Zu seinem Familienstand dagegen existieren divergierende Aussagen. Vielfach wird er als unverheirateter, heiterer älterer Herr beschrieben. Doch er wird auch als Ehemann dargestellt. Bekanntestes Beispiel dafür ist das in den 1990er-Jahren gedrehte US-amerikanische TV-Movie „Mrs. Santa Claus“ mit Angela Lansbury in der Titelrolle. Angeblich soll es auch im Bereich der Pornofilmindustrie eine ganze Reihe von Elaboraten geben, in denen Santa-Claus-Gemahlinnen einschlägig agierend vorkommen. Dies können wir weder bestätigen noch falsifizieren, da wir dieses Genre selbstverständlich meiden wie der Teufel das Weihwasser.

Während des Jahres betreibt Santa Claus an seinem Wohnsitz eine Firma, einen Rentierstall und eine Spionageagentur.

In der Firma werden Weihnachtsgeschenke von sogenannten „Elfs“ hergestellt. Diese sind offensichtlich Angestellte des Weihnachtsmannes. Die Betriebsverfassung scheint vorsintflutlich zu sein – es gibt nach unseren Recherchen weder eine gewerkschaftliche Organisation noch einen Betriebsrat.

Der Rentierstall umfasst angeblich zwölf Tiere. Sie haben die für Angehörige ihrer Spezies höchst ungewöhnliche Aufgabe zu fliegen und dabei auch noch einen Schlitten zu ziehen. Da sie im Gegensatz etwa zum Christkind oder zum Pegasus über keine Art von Flügeln verfügen, gibt es keine schlüssige Antwort auf die von Christkindologen häufig mit unüberhörbarer Ironie gestellte Frage:

„Und womit, bitteschön, fliegen denn die Rentiere des Weihnachtsmannes?“

Der Vollständigkeit halber seien die Namen dieser Zugtiere angeführt – von den zwölf sind uns dank jahrzehntelanger Forschungen engagierter Santa-ClausophInnen neun bekannt: Dasher, Dancer, Prancer, Vixen, Comet, Cupid, Donner und Blitzen wurden bereits im Jahre 1823 im Weihnachtsgedicht eines unbekannten Verfassers erstmals urkundlich erwähnt.

1939 kam dann Rudolph dazu. Dessen rote Nase lässt auf Alkoholmissbrauch schließen. Dies ist möglicherweise auch ein wesentlicher Grund dafür, dass bedeutende Trinkerpersönlichkeiten aus dem Showgeschäft, wie Dean Martin oder Frank Sinatra, mit großer Freude und Hingabe den Song „Rudolph, the Red-Nosed Reindeer“ zu interpretieren wussten.

Doch die bizarrste Unternehmung des Santa Claus ist wohl seine Spionageagentur. Deren Existenz wurde weltweit einer breiteren Öffentlichkeit erst im Jahr 2005 bekannt.

Denn damals erschien in den USA das in Reimen geschriebene Kinderbuch „The Elf on the Shelf“ der Autorinnen Carol V. Aebersold und Chanda A. Bell, das von Coe Steinwart herzig illustriert wurde. Der „Elf on the Shelf“ – zu Deutsch: „Der Elf auf dem Regal“ – ist offensichtlich ein Agent im Spionagenetz des Santa Claus.

Frage 7: Verfügt der amerikanische Weihnachtsmann über das größte Spionagenetzwerk der Welt?

Diese Frage ist eindeutig zu bejahen.

Die USA sind zwar mit ihren Agenturen NSA und CIA sehr gut aufgestellt. Wie hinlänglich bekannt, wurden ja selbst unter der Präsidentschaft des Friedensnobelpreisträgers Obama nicht nur die Oberhäupter von Schurkenstaaten wie etwa Mahmud Ahmadinedschad oder Kim Jong-un akribisch verwanzt. Nein, auch verbündeten Kanzlerinnen wie Mutti Merkel pflanzte man Meldungstrojaner ins Handy und ergatterte dabei so manches Geheimrezept für *Königsberger Klöpse mit Kapernsauce* und andere ostpreußische Gerichte.

Aber: Einen persönlichen Agenten in jedem Haushalt von Nairobi bis Neunkirchen, von Wellington bis Wipfing und von Seattle bis Stockerau, den hat nur einer – Santa Claus. Denn der „Elf on the Shelf" ist vielgestaltig. Es gibt Abermillionen von „Elfs on the Shelf".

Seit 2005 wissen wir, wie sie vorgehen: In der Zeit zwischen dem Weltspartag, der in den USA „Halloween" genannt wird, und dem Christtag schleicht sich weltweit in jeden Haushalt, in dem Kinder wohnen, ein „Elf on the Shelf" und beobachtet beständig die bedauernswerten Kleinen. Allabendlich, wenn sie dann zu Bett gegangen sind, fliegt der Elf-Scout, wie er auch genannt wird, zum Nordpol. Dort erstattet er dem Weihnachtsmann akribisch Bericht. Wohlverhalten und Fehlverhalten der Kinder werden rapportiert und wirken sich selbstverständlich auf die Üppigkeit oder Dürftigkeit der Weihnachtsgeschenke aus.

Der Elf on the Shelf ist zwar vom Aussehen her eine geradezu putzige Erscheinung. Im Kern aber ist er ein Denunziant übelster Sorte. Während in unseren Breiten die armen Kleinen nur an einem Tag in der Vorweihnachtszeit, nämlich am Nikolaustag sich für etwaiges Fehlverhalten verantworten müssen – was übrigens hierzulande ohnehin nur mehr in stark katholischen versteckten Alpentälern gang und gäbe ist –, stehen die Ami-Kids satte fünfundfünfzig Tage unter beständiger Beobachtung. Trotz seines Namens versteckt sich der tückische Denunziant während seiner Spionagetätigkeit nicht nur auf Regalen hinter Büchern und Spielsachen. Gelegentlich fährt er auch im Auto mit oder taucht plötzlich und unvermittelt beim Breakfast zwischen Peanutbutter-Dose und Cornflakes-Sackerl kichernd auf.

Dass in der Kindheit derart traumatisierte Menschen schließlich zu Trump-Wählern reiften, das sollte niemanden wundern.

Weihnachten im Weißen Haus

Belgium is a beautiful city and an amazing place.
Magnificent buildings. I was there many many years ago.

Belgien ist eine schöne Stadt und ein wundervoller Ort.
Großartige Gebäude. Ich war dort vor vielen, vielen Jahren.

Donald TRUMP
Präsident der USA und weitgereister Hobbygeograf,
geb. 1946

And by the way, under the Trump administration you'll be saying "Merry Christmas" again when you go shopping, believe me. Merry Christmas.
They've been downplaying that little beautiful phrase.
You're going to be saying "Merry Christmas" again, folks.

Und nebenbei: Unter der Trump-Präsidentschaft könnt ihr wieder „Fröhliche Weihnachten" sagen, wenn ihr einkaufen geht, glaubt mir. Fröhliche Weihnachten.
Sie haben diesen kleinen schönen Gruß heruntergemacht.
Ihr werdet wieder „Fröhliche Weihnachten" sagen, Leute.

Noch einmal Donald TRUMP
diesmal bei einer Rede vor Boy-Scouts im Sommer 2017

Der US-amerikanische Präsident wird in Europa selbst von erzkonservativen Kreisen eher als wandelnder Perückenständer gesehen, denn als staatsmännische Persönlichkeit. In den USA ist das naturgemäß anders. Zumindest bei den Hillbillys, also bei den gottesfürchtigen Hinterwäldlern des Mittelwestens, genießt er fast sakrale Verehrung. Kein Wunder also, dass einer der wenigen dort ansässigen Vollalphabetisierten ein wunderbares Mikro-Versdrama verfasste, mit dem Titel: „Christmas in the White House“.

Durch großen persönlichen Einsatz ist es uns gelungen, die deutschsprachigen Rechte für dieses Opus zu erwerben. Lesen Sie nun einen Auszug aus unserer werkgetreuen Übersetzung dieses Meisterwerks:

Das Oval Office im Weißen Haus. Vor dem Gemälde, das Abraham Lincoln zeigt, steht ein Weihnachtsbaum mit elektrischen Kerzen, die aber noch nicht eingeschaltet sind. Donald Trump sitzt auf dem Parkettboden und baut aus Lego-Steinen eine Mauer. Hinter der Mauer stehen ein paar kleine Playmobil-Figuren mit Sombreros, die offensichtlich Mexikaner darstellen sollen. Während er die Lego-Mauer errichtet, nimmt der absolut multitaskingfähige Mr. President via Telefon Weihnachtswünsche aus aller Welt entgegen.

Jetzt ruft gerade die deutsche Kanzlerin an.

MERKEL:
Hi, Donald?! Yes, du bist es!
Ich wünsch dir Merry Christmas!
Und for a fine, happy New Year
kriegst du von mir a German Bier!

TRUMP (ins Telefon:)
Thank you, Mrs. Kanzlerin!
Ich schick dir ein paar Panzer hin
für deine German Landsers!
Und mit diese Panzers
jagt ihr die Asylanten gleich
raus aus eurem Deutschen Reich!

MERKEL (aus dem Telefon:)
Nein danke, Don! Wir schaffen das!

TRUMP
Hey, das wird ein Affenspaß!
Wir hauen fastly die Afghanen
und die fucking Muselmanen,
die niemals eating eine Ferkel,
hinaus aus deinem Land, Frau Merkel.

MERKEL
Du redest häufig schon halt
dirty shit, dear Donald!
Doch da heut Heiligabend ist,
verzeih ich dir den ganzen Mist.
Tschüss, goodbye, das war es dann,
Ich seh' grad, der Macron ruft an!
Der fällt nie aus dem Rahmen
und er mag reife Damen!

Merkel legt auf. Trump bekommt einen kurzen Wutanfall.

TRUMP
Fuck off, Angela, you witch!
Auf diese fucking German bitch
haut gern ich voller Wut hin!
So what! I'm calling Putin.

Er wählt eine Nummer. Minutenlanges, frostiges Klingeln. Dann wird abgehoben.

PUTIN (durchs Telefon:)
Strastwuj! Hier spricht Wladimir!
Ich trinke grad ein kaltes Bier
odin nemetzkij Weihnachtsbock!
Dass du mich anrufst, ist ein Schock!
Wenn das erfährt die CIA,
heißt es, ich ließ von KGB
die Clinton-Frau ausspionieren!
Wir sollten nicht telefonieren!

TRUMP
O, Wlädi, good old Russian guy!
Da ist doch really nichts dabei –
I only wish a Merry Christmas
dir und deiner neuen Mistress!

PUTIN
Moltschat, Donald! Du bist kein Kenner.
Wir Russen feiern erst im Jänner
das Weihnachtsfest. Doch ruf auch dann
nicht mehr bei mir im Kreml an.
Lass mich in Ruh! Und meine Freundin!
Weil ich schon lang nicht mehr dein Freund bin.
In deinem Kopf, unter Perücke
ist nitschewo – nur eine Lücke!
Doswidanja und Goodbye
Ich leg jetzt auf – dawai dawai!

Putin legt auf. Trump bekommt neuerlich einen Wutanfall.

TRUMP
Fuck off, Putin! Diese Russians
sind noch schlimmer als die Prussians!
Bald wird es sein, dass ich dem Glatzkopf
ins dirty Maul den Hosenlatz stopf!

Er lacht irre.
Trumps Ehefrau Melania und Sir Peter kommen herein.
Sir Peter trägt Seidenhemd, Maßschuhe und Nadelstreif.

TRUMP (ohne die beiden vorerst zu bemerken, führt weiter zornige Selbstgespräche:)
Listen, fucking Wlädimir:
Am liebsten, I say, tät i dir
links und rechts gleich eine pantschen!
Denn dann pfeifen die Komantschen.

Sir Peter, der vor allem durch den letzten, für ihn völlig sinnfreien Satz ein wenig irritiert ist, fühlt sich bemüßigt, sofort und ohne Vorwarnung einzugreifen.

SIR PETER
Oh, please, Mr. President.
Please, be a little more dezent!
A bit more diplomatisch
and not so psychopathisch!

Trump dreht sich blitzartig um. Dann sieht er seine Gemahlin in einem für ihre Verhältnisse äußerst geschmacksicheren Outfit, aber neben ihr diesen Lackaffen stehen: einen nadelgestreiften typisch englischen Gentleman.

TRUMP (rülpst verächtlich und sagt dann:)
Melania, Darling, hi!
Who is this fucking ugly guy?

MELANIA (mit leichtem slowenischem Akzent:)
Don, ich denk nicht nur an mich!
This is my Geschenk für dich:
Sir Peter heißt der nette Guy.
Der nun Manieren dir bringt bei!

TRUMP (menschlich enttäuscht und dadurch empört:)
Melania, that's not okay!
Ich schenk dir Tits-Enlarge-OP
zum Christmas-Fest. Und du schenkst mir
den English lord, den fucking Peer?

MELANIA (hysterisch und dem Weinen nahe:)
Immer du musst „fucking" sagen!
No longer ich kann das ertragen!
Lass Busen mir nicht greßer machen,
wenn du sprichst ordinäre Sachen!

Für einen Moment sieht es so aus, als würde der Präsident ebenfalls zu weinen beginnen. So sehr hat er das Weihnachtswunder der „Erlösung von allem Übel“ mit der erfolgreich abgeschlossenen Brustvergrößerungs- und Straffungsoperation seiner Ehegefährtin individualtiefenpsychologisch verknüpft. Doch dann schnäuzt er sich und atmet durch.

TRUMP (um Fassung ringend:)
Well, ich bin total integer –
bin kein Muslim, bin kein Neger!
Hab Credit Cards und habe Cash –
doch ich rede wie white trash!
Tu schön zu sprechen ich versuchen,
kommt heraus nur lautes Fluchen:
Fucking bloody dirty shit
im Schönsprechen bin ich nicht fit!

Mit gütigem, typisch britischem Lächeln geht nun Sir Peter auf den verzweifelten Präsidenten zu.

SIR PETER
Damit Sie nichts mehr verunglimpfen,
werd' ich Sie gegen Schimpfen impfen.
Ich stülp' ein geistiges Kondom
über Ihr Tourette-Syndrom!

TRUMP
Shit! Das funktioniert doch never!
I know this well, denn ich bin clever.

MELANIA
Shut up! Du kriegst jetzt die Narkose!
Sir Peter macht das mit Hypnose.

Sir Peter nimmt seine goldene Taschenuhr heraus und lässt sie vor Trumps Augen hin und her pendeln. Dazu singt er interessanterweise einen alten deutschen Schlager.

SIR PETER (leise singend:)
La-le-lu
Nur der Mann im Mond schaut zu
Wenn die kleinen Babys schlafen
Drum schlaf' auch du

Trump schläft blitzartig ein.

SIR PETER (eindringlich:)
Immer, wenn Sie „fucking" denken,
müssen Sie das Wort umlenken!
In Zukunft wird's so immer sein:
Sie denken „fucking", sagen „fine".

Sir Peter schnippt mit den Fingern und Trump erwacht.

MELANIA (gespannt:)
Don, ich habe eine Frage.
Hör genau zu, was ich sage:
Was reimt sich auf Hütteldorf-Hacking?

TRUMP (überlegen lächelnd:)
Immediatly fällt mir das ein:
Auf Hütteldorf-Hacking reimt sich ffffff fine!

Melania ist begeistert, umarmt ihren Mann, küsst ihn und überreicht Sir Peter einen Scheck über 70.000 Dollar.
In diesem Augenblick kommt der jüngste Spross der Trumps, Barron William, herein.

BARRON WILLIAM
My brothers and my sisters,
die älteren Geschwisters,
bleiben zu Christmas von euch fern.
Doch ich bin da, ich hab euch gern!

MELANIA (begeistert zu Sir Peter:)
Die andren Kinder, die sind mies.
Doch Barron Willy, der ist süß!
Er hat mehr Charme als jeder Ami –
der Boy, er ist die ganze Mami!

TRUMP (streng zu seinem Sohn:)
Was hast du in der Heiligen Nacht
für deinen Daddy mitgebracht?

BARRON WILLIAM
Einen Anzug, lieber Dad!
Der zu dir passt. ich bin net bled!

Er überreicht seinem Vater das Geschenkpaket. Trump packt es aus – und Sir Peter erbleicht. Das Geschenk ist ein Ku-Klux-Klan-Kostüm.

SIR PETER
Das ist aber nicht dezent,
sag ich Euch, Mister President.
Ein Kostüm, das really bös' ist!
Das trägt nur ein fucking Racist!

TRUMP (glücklich:)
Das ist nicht fucking, das ist fine!
Das zieh ich an, da schlüpf ich rein!

Trump zieht sich das Ku-Klux-Klan-Kostüm an, Melania schaltet den elektrischen Lichterbaum ein und alle singen „Amazing Grace".

Eine Weihnachtspredigt

Wenn das Schwein am fettesten ist,
hat es den Metzger am meisten zu fürchten.

Abraham a SANTA CLARA
Augustinermönch und Hofprediger
1644–1709

Wer das Geld liebt, wird nicht satt,
wer den Ruhm sucht, wird nicht gesättigt.

Bernhard von CLAIRVAUX
Zisterzienserabt und Kreuzzugsprediger
1090–1153

Ort der Handlung: Ein Gebirgskirchlein in den österreichischen Alpen. Also in einer Gegend, wo der Katholizismus sozusagen noch in Ordnung ist. Nicht aufgeweicht durch neumodische Strömungen. Hier wird die Christmette auch nicht kundenfreundlich schon auf zweiundzwanzig Uhr vorverlegt. Nein, hier ist der Brauch noch intakt, die Weihnachtstraditionsmesse Schlag Mitternacht zu beginnen. Die Angehörigen der Glaubensgemeinde kommen zwar nicht wie zu Peter Roseggers Zeiten stundenlang durch hüfthohen Schnee stapfend zu ihrem Gotteshaus, sondern im SUV. Der besitzt neben Automatik und zuschaltbarem Vierradantrieb auch eine Dachklappe, die es in geöffnetem Zustand dem passionierten Jäger ermöglicht, sein Waidwerk auch vom SUV aus erfolgreich auszuüben.

Ansonsten läuft aber alles in traditionellen Bahnen. Der Pfarrer erscheint wie bei einem solchen Hochfest üblich, im weißen Messgewand, der liturgischen Farbe des Lichtes. Und er stammt auch nicht aus Polen, was in kleinen Pfarren an sich schon recht selten ist, sondern aus der heimischen Alpenregion.

Darum ist es umso erstaunlicher zu hören, was der Herr Pfarrer predigt, nachdem er die Kanzel erklommen hat:

„Ach ja! So steht ihr da.
Die Sippe der wahren Christen! Ich tippe:
Ihr Moralisten wollt vor der Krippe eures Jesusknaben
totale Absolution jetzt haben.
Jetzt, auf der Stelle! Dass keine Pein euch weiter quäle!
Dabei ist eure eigne Seele
viel schwärzer noch als alle Raben.
Absolution!
Was wisst ihr denn schon vom Verzeihen?
Man darf von euch nicht einmal etwas Geld sich leihen!
Dann wollt ihr Zinsen!
Und geht der Zinsmarkt in die Binsen,
dann kauft ihr Wohnungen und Häuser.
Und all die armen kleinen Duckmäuser leben bescheiden
wie Kartäuser in engen Zellen.
Denn all die hellen großen Wohnungen, die hortet ihr.
Solang bis Mietentlohnungen
in unfassbarer Höh' euch sicher sind.
Und dann geschwind heißt es: Profit mach mit!
Ihr fleht: Der Herr vergebe uns die Sünde!
In Wahrheit ist die Pflege eurer Pfründe
euch heiliger als euer lieber Gott.
Denn eilig macht sich heut jeder Falott
auf in die sogenannte Dritte Welt,
wo man sehr schnell noch reich kann werden
mit sogenannten ‚selt'nen Erden',
die wir für die Smartphones brauchen,
um ihnen Leben einzuhauchen.
In Businessanzug und Soutane
im Landrover mit Sonnenplane
kommt ihr Glücksritter gefahren.
Barbarischer als die Barbaren
macht ihr euch fleißig gleich ans Stehlen.

Die Menschen quälen Hunger und auch Durst.
Das ist euch ...
Klar liegt der Fall:
Die Neger sind euch scheißegal!
Ach, ‚Neger' darf man nicht mehr sagen?
Nein, ein Mensch mit Wohlbetragen
muss heut ‚Schwarzafrikaner' sagen.
Sonst könnt der Neger ihn verklagen.
Wir stehlen ihre Rohstoffquellen.
Mit Fischerflotten, superschnellen,
berauben wir sie ihrer Nahrung.
Doch unter strengster Anstandswahrung
nennen wir sie nicht mehr ‚Neger'.
Denn wir sind edel und integer.
Und ihr verlangt in forschem Ton
von mir die Absolution?
Oder tut ihr es mit Wehmut,
mit lang geübter Christendemut?
Ich sag's euch ins Gesicht –
ihr bekommt sie nicht!
Kein Freibrief wird euch mehr zuteil
fürs ewig lange Seelenheil.
Nicht, solang ihr Luft verpestet,
und mörderische Waffen testet!
Ohn' Erbarmen wird Millionen Armen
die Existenz verweigert,
damit sich euer Luxus täglich steigert.
Viel Schönes steht geschrieben
in eurem großen Buch.
Doch in Erinnerung geblieben
aus ebendiesem Buch ist mir der Fluch,
der lautet, dass eher ein Kamel
sich durch die Enge eines Nadelöhres zwänge,
als dass ein Plutokrat, ein Mann, der alles hat,
der nach Geld stinkt und im Wohlleben versinkt,
irdisch begütert wie ein Scheich,

dass der könnt eingeh'n in das Himmelreich.
Man hat auch schon davon gehört,
dass, wer die Schöpfung frech zerstört
stante pede auf der Stelle
hinabfuhr in Mephistos Hölle!
Dort traf er manchen Pharisäer,
Diktator und KZ-Aufseher,
Diebsgesindel, Mörder, Meuchler
falsche Propheten, Frömmler, Heuchler,
darunter war auch mancher Papst.
Denn wenn du dich an Gütern labst,
die du anderen gestohlen,
dann kann dich schon der Teufel holen.
Ich sag euch: Absolution
wird nicht geschenkt. Sie ist der Lohn
für wahrhaft soziales Tun!
Macht euch doch nicht selbst immun
gegen Caritas im Handeln.
Lasst die Werte sich doch wandeln:
vom Egotrip zurück ein Stück
zu wahrhaftem Gemeinschaftsglück.
Hört nicht mehr auf die eitlen Spießer,
die dummen Flüchtlingsroutenschließer,
die in ererbten Schlössern wohnen
und schreien: ‚Leistung muss sich wieder lohnen!'
Schluss mit Jubel! Beendet den Trubel,
den Tanz ums goldlackierte Kalb
und diesmal nicht nur halb und halb,
sondern aufrichtig und ehrlich.
Dann ist es nicht mehr so beschwerlich,
Absolution zu kriegen.
Denkt ohne lautes Weh und Ach
in dieser Nacht darüber nach.
Ansonsten feiert, nicht gestresst,
ein schönes ruhiges Weihnachtsfest!"

STATT EINES NACHWORTS

LeserInnen sagen uns die Meinung

Sehr geehrte Herren, ich danke Ihnen! Als begeisterte Hobby-Hackbrettspielerin bin ich ein großer Fan des Salzburger Volksmusik-Titanen Tobi Reiser senior. Danke, danke, danke dafür, dass Sie ihn rehabilitiert haben! Wie Sie richtig schreiben, hat Tobi Reisers Adventsingen seinerzeit wirklich viele alte Nazis wieder katholisch gemacht. Vor allem ihn selbst. Danke, danke, danke für Ihre Courage und bitte: Machen Sie so weiter! Es grüßt Sie Ihre dankbare
Mag. Leni Sempftüpfel-Riefenstahl, Gymnasialprofessorin i. R., Seekirchen am Wallersee, Salzburg

Das ist wieder typisch! Statt endlich mit dem Pater Pilz in irgendeinem katholischen Altersheim zu verschwinden, geht ihr überwutzelten Ex-68er-Schwammerln immer auf uns Bobos los. Nur, weil wir euch auf euren Elektro-Rentner-Rädern mit unseren grün-alternativen Maserati-Renn-Citybikes vom Fahrradweg drängen? Oder mit unseren Volvo-SUVs euch den Parkplatz vor dem Bio-Supermarkt versperren? Mann, seid ihr kleinlich. Dafür sind *wir* voll Elan, denn wir ernähren uns vegan!
Alwine Prohaska und Golo Miesinger, CEOs der Agentur PRO-MIES, 1070 Wien

Maunder, 's isch Zeit! Ich schick euch dieses SMS, weil es ein Notfall ist. Ich bin der Ferry, euer Tiroler Perchtenläufer! Ich sitz da in Imscht. In Beugehaft. Wegen dem Vermummungsverbot! Dabei trag ich gar keine Perchten – das ist ja mein G'sicht. Ihr habt's ja auch glaubt, dass ich selber der Teufel bin! Lol! Bitte tut mich da rausholen! Weil, verglichen mit einem Tiroler Gemeindekotter, ist die Hölle der Himmel! Schaut's dazu, dass bald da seid's!
Ferry, Familienname unbekannt, Tiroler Perchtenläufer, Aufenthaltsort derzeit Imst, Tirol

Listen, you fucking idiots! I love fucking Christmas and I love fucking gifts. But I'm fucked up with your fucking book! This will not make America strong again. So I return this fucking book to you, you fucking bastards. Fuck off!
Eine anonyme Twitter-Meldung aus Washington D. C.

Hallo, Ihr Lieben! Ich schreibe euch beiden auf Facebook, denn es ist Zeit! Ich soll euch ganz liebe Grüße vom Sebastian ausrichten. Und euch sagen, dass er auf seinem Adventkranz keine violetten und auch keine roten Kerzen hat, sondern vier türkisfarbene. Überraschung, goi? Und vergesst bitte nicht: Wo Sebastian ist, da ist immer Weihnachten!
Marie-Theres Bugl, Öffentlichkeitsadministrationsassistentin der Brandneuen Volkspartei, Tragwein, Oberösterreich

Der Dachverband österreichischer Punschhüttenaufsteller-Verbände verwahrt sich nachdrücklich gegen die geschäftsschädigende Unterstellung, das von ihm zum Ausschank gebrachte Misch-Heißgetränk namens „Weihnachtspunsch" könne zu Kopfweh am nächsten Tag führen. Solange der Genuss maßvoll erfolgt, kann davon überhaupt keine Rede sein. Sollten Sie Ihre diesbezüglichen Behauptungen aufrechterhalten, ist meine Kanzlei beauftragt, rechtliche Schritte gegen Sie einzuleiten.
Dr. jur. Hans Peter Steckwosweg, Rechtsanwalt, Bruck an der Mur, Steiermark

Mann o Mann, ihr Ösis habt alle einen an der Waffel! Ein beknacktes Koran-Zitat hat in einem abendländischen Buch nichts verloren. Ihr seid alle Türkenknechte, ihr vaterlandslosen Sachertortenfresser!
Petra Frauki, AfD-Wählerin, Cottbus, Deutschland

Grüß Gott! Mich hat ein junger Heißsporn, ein Kaplan, der nebenberuflich in der katholischen Stadtzeitung „Der Psalter" schreibt, aufgefordert, ich möge eine Vernichtungskritik gegen Ihre „Weihnachterln" verfassen. Ich habe das abgelehnt. Meine

Herren, Ihr klares Bekenntnis zum Christkind und gegen den Weihnachtsmann sowie die Tatsache, dass Sie beide in Ihrer Jugend als Ministranten tätig waren, haben mich überzeugt: In Ihnen steckt noch immer ein katholischer Kern. Lassen Sie aus ihm das zarte Pflänzchen des Glaubens neu sprießen, kehren Sie zurück in den Schoß der Mutter Kirche und zahlen Sie Kirchensteuer!
Monsignore Dr. Severin Dunkelsteiner, Leibbischof